GUERRA ESPIRITUAL

CANDACE PAUL

aknowingspirit

Aknowingspirit, LLC
P.O. Box 3324
Washington, DC 20010
www.aknowingspirit.com

Ordering Information:

Quantity sales. Special discounts are available on quantity purchases by churches, associations, and others. For details, contact the publisher at the address above.

Orders by U.S. trade bookstores and wholesalers. Please contact via www.aknowingspirit.com.

CANDACE PAUL

SPIRITUAL WARFARE

A mi Dios, mis padres, mi hermano, mi familia y mis amigos; tu amor hizo la diferencia.

<u>Prefacio</u>

Ha habido momentos a lo largo de mi vida en que simplemente supe que Dios era real. Era más que una sensación: un evento que solo yo entendí, lo confirmé. Estos momentos son difíciles de explicar y, en muchos sentidos, difíciles de entender para los demás. Si bien tenían perfecto sentido para mí, tal vez nunca sea capaz de transmitir plenamente cómo, en esos momentos, sabía que Dios era real. Afortunadamente, mi responsabilidad no es convencer a otros de que mis experiencias personales con Dios son reales. En cambio, mi llamado es simplemente para animar a otros a desarrollar una relación personal con Dios por sí mismos. Dios hará el resto.

Para mí, cada vez que Dios hizo algo extraordinario en mi vida, las cosas comenzaron a conectarse. Entendí por qué sucedieron o no sucedieron los eventos, por qué ciertas amistades terminaron y por qué comenzaron las amistades poco probables. Esos momentos que parecían meras coincidencias, fracasos y oportunidades perdidas, todo comenzó a encajar. Cada momento de mi vida fue como un adoquín. Ellos varían en forma y tamaño, algunos se destacaron y tuvieron mayor importancia que otros. Algunas piedras tenían imperfecciones evidentes, mientras que otras parecían estar más pulidas. Algunas piedras representaban momentos de desesperación, mientras que otras momentos de esperanza. Cuando estaba demasiado cerca, cada piedra, como cada momento de mi vida, parecía arbitraria. Parecía que cualquier piedra podría haber sido colocada en cualquier lugar, y todo habría sido lo mismo. Dios me mostró que esto no era verdad. Fue solo hasta que di un paso atrás para mirar el suelo como un conjunto y vi a lo lejos que mi camino se volvió claro. No solo fue el adoquín colectivo un hermoso collage de mi vida y experiencias únicas, cada piedra fue parte de un diseño útil del Creador utilizado para mi camino predeterminado hacia él.

No estoy sola. Creo que todos tenemos nuestro propio camino adoquinado diseñado por Dios, pero debemos elegir caminarlo. Requiere que pongamos el pasado bajo nuestros pies y lo usemos solo para apuntalarnos y mantenernos enraizados. Requiere que abandonemos todos los otros caminos. Podemos tropezar, podemos caer, pero debemos seguir avanzando hacia Dios en el camino.

Aún así, caminar en el camino de Dios es difícil de hacer cuando el mundo nos lleva a creer que no hay camino. El mundo nos hace pensar que nuestras vidas no son más que una colección de eventos aleatorios, que está compuesto de suerte y azar. El mundo trata de convencernos de que la gente que conocemos, las relaciones que construimos, los talentos que tenemos, los lugares a los que vamos y las cosas que vemos, tuvieron la misma probabilidad de suceder como que no.

La intención de este libro es que usted, el lector, considere la posibilidad de que nada quede al azar. Que cada día, mucho de lo que vemos y escuchamos nos impulsa a aceptar una de las tres creencias: 1) Dios no existe, 2) Si Él existe, no tiene que ser una prioridad, o 3) Usted puede creer en cualquier cosa que desee y de alguna manera esto será agradable a Dios.

Puede que no parezca que este es el objetivo, ya que gran parte de lo que vemos y escuchamos no menciona a Dios. Pero ese es el punto. Mantener a Dios fuera de la conversación es la forma más efectiva de evitar que las personas lo busquen. Cuando nos inundamos con otras cosas -entretenimiento, carreras o estatus- ¿cuándo encontraremos tiempo para contemplar su existencia? Si creemos en Él, ¿cuándo encontraremos tiempo para convertirlo en una prioridad? ¿Cuándo encontraremos tiempo para considerar realmente lo que Él quiere de nosotros? Si nos fijamos en todo lo demás, nunca nos detendremos para hacer las preguntas que más nos importan. Eso podría ser suficiente para la oposición.

Si te tomas el tiempo de pensar sobre la creación --cómo y por qué comenzó todo--indudablemente te llevarán a otras preguntas, muchas de las cuales quedarán sin respuesta en tu vida. Para mí, cuando comencé a buscar respuestas a estas preguntas, decidí no limitarme a lo que el mundo ha adoptado como "verdad". En su lugar, decidí considerar también lo que el mundo ha rechazado como verdad: la Biblia.

Quería saber qué tenía de malo el texto. Si me tomara el tiempo para leer y entender el contexto de lo que estaba escrito, ¿cómo me dañaría? Era solo información, ¿verdad? Al comenzar este viaje, comencé a desarrollar un profundo sentido de apreciación por otras personas, por mí misma y por la tierra. También comencé a entender el significado de paciencia, sacrificio, valores, satisfacción y obediencia. Curiosamente, las preguntas que pensé que nunca serían respondidas se me revelaron rápidamente. Pero quería saber algo más: ¿quién quería evitar que contemplara a Dios en primer lugar? ¿Por qué era tan importante para mí distraerme por tanto tiempo? ¿Por qué las personas que controlan tanto de lo que veo, escucho y leo quieren excluir a Dios de la conversación? ¿Qué creen ellos? ¿Quieren que crea en lo mismo?

Cuando comencé a ver cómo me extraviaban, y una vez que se hizo evidente para mí que Dios era real, desarrollé un fuerte deseo de hacer más por Dios. Pero antes de poder comenzar, tenía que hacer algunas cosas:

———

Lo primero que tenía que hacer era seguir aumentando mi conocimiento de Dios. Al crecer, e incluso durante la mayor parte de mi vida adulta, simplemente escuché lo que otros me dijeron sobre la Biblia. Entonces, cuando la gente dudaba con vehemencia de la verdad de la Biblia, no tenía suficiente información para saber de una manera u otra. No fue hasta que comencé a leer la Biblia por mi cuenta que comencé a comprender el contexto en el que se escribieron muchas de las historias y el significado detrás de ellas.

Lo segundo que tuve que hacer fue desarrollar un sistema de apoyo fuerte: encontrar otros creyentes. Tuve la bendición de tener unos amigos muy buenos que habían estado caminando por el camino que Dios diseñó por un tiempo, así que pude hacerles preguntas. Una vez que determinaron que tenía interés en conocer a Dios, me invitaron a la iglesia, estudios bíblicos o eventos solo para tener comunión con otros creyentes. No estaba sola. Habían otros que sintieron lo mismo y tuvimos un entendimiento compartido. Fue increíblemente importante que yo supiera esto.

Luego, tuve que desarrollar una vida de oración. Si sabía que Dios es real, necesitaba hablar con él. Necesitaba encontrar un tiempo alejado de la televisión, el teléfono y el Internet solo para rezar en silencio con Él.

Por último, pero ciertamente no menos importante, de hecho tuve que comenzar el proceso de implementar lo que aprendí y lo que creí adentro de mi vida. Tenía que comenzar el arduo trabajo de alejarme del pecado; tropezar pasaría sin duda pero tenía que levantarme y presionar hacia adelante hasta que fuera lo suficientemente fuerte como para no mirar hacia atrás.

Si te sientes engañado por el mundo, te animo a leer e investigar por ti mismo. No importa dónde estés en tu caminar con Dios, incluso si estás luchando con tu fe o incluso si no crees, pero aún estás dispuesto a considerar una perspectiva diferente, Dios todavía te hablará. Si sientes en tu corazón que ahora es el momento de buscar a Dios, construir una relación con Él, hacer esas preguntas difíciles, adelante y hazlo. Mientras sigas respirando, nunca es demasiado tarde.

"Los arrojarán al horno ardiente, donde habrá lloro y crujir de dientes." Mateo 13:42

Capítulo Uno

Lanzado

Un hombre que no reconocí se cernió sobre mí. Olí a cig y varias cervezas en su aliento. Estaba muy cerca de mi cara; si levantaba mi cabeza, o inclinaba la suya hacia abajo, nuestros labios se habrían tocado. Sin embargo, sonaba distante, como si hablara desde el otro lado de la habitación. "Señor, ¿estás bien? ¿Puedes oírme? "Grité mientras sus manos fuertes agarraban mis solapas. Él sacudió mi cuerpo con fuerza. Podría decir que él quería desesperadamente mi atención, pero ¿por qué? Estaba allí, escuchando cada palabra y gritando a pleno pulmón: "Estoy bien, ¡te escucho!" ¿Por qué no podía oírme?

Una mujer que conocí se quedó sin aliento. "¿Eres Jade?" Le preguntó a un hombre que estaba a su lado.

Él asintió con la cabeza.

Una multitud comenzó a juntarse. Cada persona me miró. Algunas personas parecían horrorizadas, mientras que la mayoría parecía indiferente o simplemente curiosa. Los movimientos del hombre frenético comenzaron a disminuir como si alguien hubiera colocado vidrios de colores sobre mis ojos. Mi visión estaba cubierta con manchas que crecieron más grandes, hasta que solo pude ver el color blanco. El hombre ya no era visible; Podía escuchar su voz haciendo eco y los espectadores charlando. Pronto eso también se desvaneció, y ya no pude escucharlo ni nada. Por primera vez, probé sangre en mi boca. ¿Es mi sangre? Sentí que mi pecho se expandía y mis pulmones se llenaban gradualmente de líquido. ¡Cada vez era más difícil respirar! Cada párpado luchó para permanecer abierto. Tomé una respiración profunda. Intenté tomar todo el aire que mis pulmones me permitieran. Después exhalé.

Inmediatamente supe que era la última vez. Mi corazón dejó de latir, y todo se volvió negro.

***

Estaba solo, rodeado por la oscuridad total. ¿Estaba soñando? No pude ver ni siquiera una pulgada en frente de mi cara o incluso ver el suelo. Rápidamente me puse de pie, estirando los brazos en un esfuerzo por ayudar a mi vista. Quería encontrar una pared o un árbol o cualquier cosa sobre la que pudiera apoyar mi mano.

Grité "¿Hay alguien ahí? ¡¿HOLA?!?" Nadie respondió. "¡¿DÓNDE ESTOY?!" Hubo solo el sonido de mi voz asustada haciendo eco en la oscuridad. De repente, un pequeño agujero de luz penetró en el vacío. Comenzó a crecer, llenando la oscuridad mientras el amanecer se arrastraba sobre un paisaje. Cubrí mis ojos, protegiéndolos de la brillantez.

Una brisa poderosamente fragante soplaba en mi dirección. Olía a incienso o mirra. Era suave, reconfortante y familiar. Podía oler la lavanda que mi madre ponía en mis sábanas cuando era niña y los campos de césped en los que corría después de la escuela primaria. Olí el té earl grey caliente que mi madre preparaba con leche y sus pasteles de canela que lo acompañaban. Cada aroma que alguna vez había amado estaba presente. Sabía que alguien venía por mí y ya no temía nada, ya no me sentía solo.

Me sentí obligado a caminar más cerca de la luz. De alguna manera, sabía que todo lo que necesitaba, todo lo que anhelaba, estaba en esa luz. Sabía que alguien me estaba esperando; Solo necesitaba llegar allí, pero ... no podía moverme. Estaba atorada. Deseé todo el poder que mi cuerpo y mi mente podían reunir para levantar mi pie, pero no pasó nada.

"No puedo llegar allí! ¡Lo estoy intentando, pero no puedo hacerlo!" Expresé mi problema porque sabía que alguien estaba escuchando. Algo en mi corazón me dijo que la persona que estaba escuchando era la única que podía ayudarme. Aún así, no pude moverme.

Miré a mi izquierda y había cientos de personas avanzando hacia la luz. Miré a mi derecha y había cientos más avanzando. Entré en pánico. Grité y les maldije. ¿Por qué podrían moverse cuando yo no podría? Intenté todo para llamar su atención, pero sus ojos quedaron traslucidos en la luz que tenía delante. Muchos cerraron los ojos y avanzaron con confianza. Sus cabezas se mantienen altas y las espaldas completamente erectas. Algunos tenían lágrimas de alegría, pero todos tenían una sonrisa. Todos parecían tener una comprensión compartida de hacia dónde iban. Los vi desaparecer, uno por uno, cuando alcanzaron el origen de la luz. Todos miraron en paz y sin miedo.

En sus rostros, llevaban la calma de los hombres que habían aprendido que sus creencias más prolongadas acababan de confirmarse. Me puse de pie y observé a cada uno entrar a la luz. No estoy seguro de cuánto tiempo estuve allí, pero esperé ansiosamente hasta el final, pensando: "Tal vez sea el último". ¡Sí! ¡Eso es! Solo tuve que esperar mi turno. Mi turno estaba por llegar." Pero mi turno nunca llegó. Cuando la figura final desapareció, la luz parpadeó y la oscuridad me rodeó una vez más.

Miré a mi alrededor, notando que había otros que se quedaron; como yo, se habían quedado atrás. Pude oír a la gente llorando histéricamente, maldiciendo, gritando y chillando.

"¡SAQUENME DE AQUÍ AHORA!" Escuché a un hombre cerca de mí exigir.

"¿Sabes quién SOY?", Proclamó.

Otros comenzaron a seguir su ejemplo y exigieron ser escuchados también. Supongo que querían hablar con la administración.

Todos comenzaron a gritar sus nombres, credenciales y sus logros. *Soy el Dr. tal y tal*, o *estoy en el consejo de esto*. De alguna manera debe haber habido un error y deberían ser liberados. Mientras estaba de acuerdo, entendí que ya no importaba. Parecía obvio que todas las cosas que nos había puesto al frente de la línea, no funcionó aquí.

De repente, sus caras se iluminaron en un brillo rojo extraño. Girándome hacia la fuente, pude distinguir un agujero en la distancia que no había estado allí antes. Finalmente pudimos vernos. Debe haber habido cientos de miles de nosotros diseminados por todas partes. Nos miramos e inmediatamente tuve un sentimiento de vergüenza. Muchos comenzaron a correr. Un hombre a mi lado salió disparado en la otra dirección y empujó a varias personas mientras corría. Otros intentaron encontrar un lugar para esconderse. Pero la mayoría cayó de rodillas. Me quedé allí, congelado.

Si alguno de nosotros no sabía lo que estaba pasando o si nos habíamos mentido acerca de lo que estaba pasando, o esperando que nuestras circunstancias cambiaran, todos sabíamos que se había acabado el tiempo.

Otra luz roja brillante provenía de un agujero gigante en el suelo a lo lejos. Una estampida comenzó. Todos comenzaron a huir del hoyo. La gente se arañaba y pisoteaba el uno al otro, cada persona luchaba por adelantarse a la otra, pero todavía no tenía idea de dónde ir. Una fuerza fuerte comenzó a empujarnos más cerca agresivamente.

Una sensación de terror me llenó. El impacto de todo lo que me había mantenido sin emociones se disipó por completo. Luché para resistir el tirón, pero se sentía como mil caballos arrastrándome en la otra dirección. El tirón se hizo más fuerte cuando vi a otros succionados en el agujero gritando, "¡AYÚDEME!"

Me tiraron por el borde, cayendo libremente. Cuando mi piel comenzó a burbujear y estallar, grité entre millones de personas que gritaban. Pero mi voz no importaba. Mi sufrimiento no importaba. A nadie le importaba.

Pude ver una superficie oscura y puntiaguda aproximarse. Golpeé el suelo con un crujido nauseabundo sintiendo cada hueso en mi cuerpo romper en el mismo instante. Durante mucho tiempo, simplemente me quedé allí sintiendo cada nervio en mi cuerpo prenderse fuego. No tenía idea de pasar el tiempo. ¿Fueron los días? ¿Años? ¿Eones? ¿Por qué estaba pasando esto? ¿Cuándo terminaría? ¿Por qué yo?

"Y no temas a los que matan el cuerpo pero no pueden matar el alma". Más bien temed a aquel que puede destruir tanto el alma como el cuerpo en el infierno. "
Mateo 10:28

Capítulo Dos

La Verdad

La piel de Jade se llenó de ampollas por el intenso calor, cada poro de su cuerpo deteriorado se filtró por la sangre. Su torso se torció ciento ochenta grados mientras su piel burbujeante se derritió de los músculos que le injertaban el cuerpo en un terreno espinoso. Fantaseaba con terminar su sufrimiento, pero entendía que no tenía fin.

Hace tiempo, sin embargo, en un lugar como este, el tiempo es irrelevante, una espina había crecido en su ojo, el dolor era insoportable. Hubo momentos en que él gritó tan fuerte, y durante tanto tiempo, se desnudó la carne en su garganta y su sangre fluyó libremente. En otros momentos se quedó en silencio, incapaz de encontrar la fuerza para siquiera gemir. ¿Cuál fue el punto? Nadie que escuchaba vendría a salvarlo, y los que lo estaban, solo se deleitaron en su miseria. Otros se habían rendido por completo, pero Jade luchaba continuamente por esa onza de control. Pudo arrancar su brazo del suelo, pero una extraña fuerza lo devolvió. Lloró, pero no le brotaron lágrimas en los ojos. Y a pesar de que su cuerpo sufría el dolor familiar de la tristeza, no salía agua y adornaba sus mejillas dándole el menor alivio del sofocante calor. Recuerdos de tarjetas de memoria pasaron por la mente de Jade en cada momento de vigilia. Cada pensamiento de formulación se trata de cómo llegó allí y los pensamientos son los más dolorosos. Él ahora ve dónde se equivocó.

Cada vez que se acuerda de la felicidad, los gusanos con dientes afilados se arrastran por su cuerpo y comienzan a banquetear en sus órganos. La visión a veces vale la pena, pero no le da la sensación de paz. En este lugar, nunca puede alcanzar la serenidad.

Mientras los dolorosos pensamientos permanecían en su mente, una bestia gigante con cabello castaño, peludo y enmarañado, cuernos como un carnero, seis ojos grandes y colmillos que sobresalen de su boca, se acercó a Jade exhalando su aliento podrido. La profunda voz de la bestia resonó a través de su cuerpo, "¿Cuál es tu nombre?"

"Soy Jade".

"Has sido convocado".

Sin vacilación, la bestia extrajo sus garras y las clavó en la garganta de Jade. La sangre gorgoteó en su boca y se acumuló alrededor de las garras de la bestia. La bestia arrancó el cuerpo de Jade del suelo, lo arrojó sobre su hombro baboso y procedió a caminar sobre la tierra espinosa. Jade hizo una mueca a cada paso.

El ojo de Jade escaneó su entorno por primera vez desde que había llegado. Hubo innumerables personas sometidas a todo tipo de castigos tortuosos. Hubo agujeros arriba. Cada pocos minutos los agujeros vomitaban montones de personas. Grupos de bestias esperaban alrededor de las pilas y las destrozaban y golpeaban mientras reían. Algunas bestias comenzaron a violar violentamente a cualquiera que pudieran atrapar. El aire se llenó con una cacofonía de llanto, gemidos, crujir de dientes y gritos espeluznantes.

Jade podía oír el sonido de cráneos agrietarse mientras caminaban. La bestia llevó a Jade por encima de llanuras ardientes y montañas abrasadoras, hasta que finalmente llegaron a una fortaleza que Jade nunca había visto o imaginado.

Había una imponente puerta de hierro negro protegida por

dos bestias. Los tres comenzaron a hablar un idioma que Jade no podía entender. Las puertas se abrieron lentamente para revelar un largo puente sobre un foso lleno de sangre y ligamentos. Mientras cruzaban, Jade vio que los globos oculares aún se movían aunque estaban separados de las órbitas. Había cuerpos a medio comer y enormes criaturas parecidas a pirañas que continuamente hacían banquetes.

Cuando finalmente llegaron a la puerta abierta, reveló un largo pasillo oscuro. El piso era un brillante vacío de mármol negro, y las paredes estaban bordeadas por un sinfín de tesoros y joyas de todos los períodos importantes de la historia de la tierra. Jade reconoció algunos de los artefactos, pero notó que no eran como deberían ser. A primera vista, eran hermosos, pero al mirar más de cerca, los pequeños detalles habían cambiado. Todos ellos tenían un elemento satánico que los hacía aterrador.

Jade notó símbolos que había visto antes en la moneda y en el arte, que cuando estaba vivo parecían no tener ningún significado. Ahora se dio cuenta de que tenían un profundo significado. Enormes espejos, que se extendían desde el suelo hasta el techo, con elegantes marcos grabados con intrincados diseños, alineados en las paredes. Brillaban con oro, diamantes y otras piedras exóticas. Había tantos reflejos, puertas y pasillos; Jade supuso que habría sido fácil perder su rumbo.

La bestia finalmente depositó a Jade en una habitación con poca luz. Había cuerpos golpeados, mutilados y de aspecto horrible sentados en una mesa insondablemente larga. Miraban fijamente a sus platos vacíos, con la cabeza gacha y las miradas inquebrantables. Enormes monstruos reptiles que medían aproximadamente nueve pies de altura entraron a la habitación y tomaron asiento en la mesa. Gruñeron, intimidando a todos los que estaban sentados. Esperamos y esperamos. Luego apareció: Satanás, en forma humana.

Él era hermoso. El hombre más guapo que Jade había visto en su vida. Caminó a cámara lenta, el tiempo parecía arrastrarse mientras caminaba hacia la mesa. Se detuvo bruscamente, y todos centraron su atención en él.

"Todos los ojos puestos en mí, exactamente cómo me gusta", dijo Satanás. Su voz era suave y rítmica.

***

Solicitó un vaso de agua y lo deslizó por la larga mesa. Hubo una breve pausa. Jade miró alrededor de la mesa, e inmediatamente cinco de los invitados saltaron y comenzaron a pelear como animales rabiosos. Satanás chasqueó los dedos y las bestias agarraron a cada uno y los arrojaron a un pozo de fuego.

"Para aquellos de ustedes que no saben quién soy ... tengo muchos nombres". El silencio en la habitación contrastaba con el horrible sonido que Jade presenció al otro lado de las paredes. Era tan silencioso que uno podía escuchar caer un alfiler.

Satanás se levantó, "Tomo muchas formas ..." se transformó en una mujer hermosa, un gato, una serpiente, y luego en su verdadera forma: una bestia. Creció más alto y más grande que las otras bestias, abrió la boca y rugió. Su aliento creó el viento que envolvió la habitación y expulsó a algunos de sus asientos. Sus garras eran extremadamente largas. Tenía el pelo corto y rojo en todo el cuerpo y sus ojos eran negros.

"Déjame salvarte el suspenso. Todos ustedes han sido elegidos para regresar al mundo, mi mundo ", dijo.

Cada invitado se miró inseguro de lo que esto significaba. ¿Estaban teniendo una segunda oportunidad? ¿Podrían comenzar todo de nuevo? Luego Satanás se sentó y se transformó de nuevo a su forma original, y los otros monstruos lo siguieron.

Satanás les dijo a los invitados que se pararan frente a un espejo. Al instante, apareció una imagen de ellos tal como estaban en la tierra. Estaban felices, sanos y completos de nuevo. Comenzaron a tocar sus cuerpos para ver si realmente se habían transformado en las imágenes que estaban viendo. Jade se maravilló de que verde eran sus ojos. Él había olvidado.

"Puedes tener todo esto otra vez", dijo Satanás.

Las imágenes desaparecieron y el espejo reveló sus verdaderas apariencias. Una hermosa mujer se puso de pie y comenzó a hablar.

"Has sido seleccionado para convertirte en soldados en el ejército oscuro. Tu carga es recolectar tantas almas humanas como puedas mientras estés estacionado en la tierra. Cuantas más almas recolectes, más larga será su estadía. Cuando regresen, tendrán un rango más alto en el infierno."

"¿Hay alguna pregunta?" Preguntó Satanás. Los invitados estaban temerosos y vacilantes, pero Jade necesitaba claridad. "¿Nos están enviando a la tierra para matar gente?"

Satanás y sus compinches comenzaron a reír. "Tus almas estúpidas siempre me sorprenden con lo poco que sabes. Ustedes idiotas realmente no saben nada. No puedes matar a un humano... hay algunas reglas. Por desgracia, sólo *Él* tiene el poder de tomar la vida humana, porque *Él* creó la vida humana. Pero, los humanos tienen el poder de matarse a sí mismos, u otros seres humanos... aquí es donde trabajamos". La risa de Satanás disminuyó, y comenzó a mirar profundamente.

Se levantó bruscamente, "¡Si tuviera el poder de asesinar a cada ser humano, limpiaría la tierra con su sangre! Ninguno de ellos merece vivir. ¡Todos deberían arder en el infierno! "

Comenzó a rugir, aullar y romper lo que estaba a su alrededor. Otro invitado comenzó a hablar.

"Entonces ... ¿Cómo adquirimos almas?"

Satanás se detuvo en seco, respirando pesadamente, "¿Qué dijiste?", espetó.

Todos, excepto los invitados, sabían que Satanás se salía por la tangente y tenía ataques de ira que duraron bastante tiempo. Nadie se atrevió a interrumpirlo. Todos tenían que sentarse y escuchar su discurso de odio durante el tiempo que duró.

***

El invitado se puso cada vez más nervioso.

"Solo quería entender cómo podríamos recolectar almas si no pudiéramos matarlas". "

¡NO, NO, NO! ¡Me interrumpiste mientras estaba hablando! Este es mi reino. *Yo* reino *No* tengo Dios, no jefe. ¡Yo soy Dios! ¡Eres una alma estúpida e inútil que está aquí para que YO la torture! ", ladró Satanás.

Satanás lo levantó de la silla, lo inmovilizó contra la pared y convocó a otros demonios para que arañaran su cuerpo. Los otros invitados se encogieron al ver la mutilación.

Satanás se sentó a la cabecera de la mesa y volvió a hablar con calma.

"Entonces, ¿dónde estaba? ¡Ah, sí! Las normas. Te entrenaremos en las artes negras, la magia, el conocimiento esotérico, perfeccionando mi poder y, lo más importante, la persuasión. Si bien no podemos matar humanos, realmente no hay necesidad. Si se les da suficiente tiempo, suficientes oportunidades, los humanos ciertamente se matarán a sí mismos."

Los invitados escucharon atentamente, ahora conscientes de cómo habían sido engañados. Satanás los miró y comenzó a sonreír.

"Estoy seguro de que te sorprende que yo existo..." Satanás observó sus reacciones. Él disfrutó acercando este monumental descuido a su atención.

Jade bajó la cabeza avergonzada cuando Satanás estalló en una risa histérica.

"¿Ves cuán estúpidas son tus criaturas?" El Maestro Oscuro se levantó de su asiento y golpeó a cada invitado en la cabeza mientras caminaba por la isla. "¡Estos idiotas son tan patéticos! Y esto… esto es lo que Dios *ama*, supremamente? Estos son tarados que *Él* ha otorgado la libre voluntad? ¡El pensamiento me enferma!" dijo Satanás.

La risa de Satanás pronto se volvió extremadamente agitada. "¡No aprecian nada de lo que les dan! Tú los creas, y aún así ellos eligen a MÍ." Se cayó de la risa. Como un niño, rodó por el suelo, apenas capaz de recuperar el aliento de una risa desgarradora. "¡Es por eso que sabía que podía obtener MÁS almas que Él! ¡Lo sabía! ¡Soy mucho más inteligente que ÉL! "

Se levantó del suelo y se transformó una y otra vez en los objetos, animales y humanos más hermosos. Siguió repitiendo: "¡Soy grandioso, soy mejor que el Padre!". Continuó repitiendolo como si la repetición de alguna manera lo hiciera realidad. Todos vieron miedo de reaccionar. Los invitados y los monstruos no estaban seguros de si reírse con él o quedarse perfectamente quietos. Él fue creativo cuando se trataba de tortura. Nadie podía predecir lo que vendría después, y eso solo era espantoso.

Continuó su diatriba y llamó a tres mujeres desnudas con cadenas al cuello, un hombre y uno de los monstruos. Los arrastró a una habitación oscura y dio la puerta un portazo. Los invitados permanecieron en silencio mientras escuchaban los llantos y gritos de la habitación de al lado.

Uno de los monstruos se puso de pie y habló. "Para terminar

lo que decía el Príncipe Oscuro, hay muchas maneras de matar humanos sin realmente 'matarlos'. Más que magia negra, los poderes de persuasión y distracción son las mejores herramientas de nuestro arsenal. Fuiste enviado al infierno porque no creías en Dios, y ciertamente no creías que Satanás existía. Esto no fue casualidad. Alguien o algo te convenció de que esto era cierto y te distrajo suficientemente para evitar que busques la verdad. Fuiste engañado. Esta vez, regresarás a la tierra con plena conciencia de lo que está sucediendo a tu alrededor. Sin embargo, tu destino está sellado; tu alma, la forma que tienes ahora, está ligada y es propiedad de Satanás. Después de adquirir el conocimiento de las artes negras y aprender cómo aprovechar el poder de Satanás, te convertirás en un demonio. Ya no tendrá ningún parecido con su antigua forma humana, sin embargo, podrá transformarse y dar la apariencia de un ser humano para caminar entre ellos. Satanás determinará cuánto tiempo permanecerás en la tierra. Si estás haciendo un buen trabajo al adquirir almas, te permitirá quedarte más tiempo. Cuando vuelvas al infierno, tu rango será más alto y prestarás servicio al Príncipe Oscuro. Te convertirás en algo más que un alma atormentada."

Las almas fueron reflexivos, ya que el monstruo, ahora entendido como un oficial de alto rango, elaboró sobre los tecnicismos de volver a la tierra.

"Usamos las artes negras para entrar al mundo. Una vez más, este concepto molesto de 'Libre Albedrío' es la tontería que tenemos que evitar. Realmente no podemos entrar al mundo a menos que un humano nos dé permiso para hacerlo. Satanás es el único que podría hacer eso. Si los humanos quieren comunicarse con nosotros, deben usar las artes negras para convocarnos, y luego podemos ingresar. Una de las herramientas más antiguas y mejores es una tabla Ouija. Pero con el tiempo, hemos ideado miles de otras formas. La clave es "abrir el espíritu." Puedes hacerlo debilitando gradualmente el espíritu con el tiempo. La mensajería subliminal ha funcionado de maravillas. Hemos estado preparando a la gente para que nos acepte por décadas. La televisión y el Internet han ayudado a que nuestro mensaje crezca fácilmente. Afortunadamente, este es un momento en la historia de la tierra en que casi todo lo que hace una persona es tolerado e incluso aceptado por sus compañeros. Ya no hay vergüenza. Tenemos tantos humanos usando las artes negras y abriendo su espíritu; es fácil para nosotros llegar a la tierra. Una vez que sus mentes están abiertas para nosotros, podemos usar cualquier herramienta que necesitemos para convencerlos de que nos traigan al mundo. Desde que Satanás plantó la primera semilla en el Jardín, se ha vuelto más y más fácil adquirir almas. La mayoría de las veces, los humanos hacen el trabajo ellos mismos."

Jade ahora tenía una mejor comprensión de la meta, pero aún no estaba completamente segura de cómo se logró este objetivo. Pensó en su propia vida y no podía recordar a un demonio que alguna vez viniera a verlo en medio de la noche y pidiera que firmara su nombre con sangre, como se retrata generalmente la transacción. Ni siquiera podía recordar ningún momento definible cuando podía decir que su alma estaba "sellada" al diablo. Entonces preguntó: "¿Pero cómo *conseguimos aferrarnos a* las almas?"

El funcionario se sentó y les habló con franqueza.

"Todo lo que tienes que hacer es conseguir que un humano prometa su lealtad al diablo ..."

Ahora, Jade estaba muy confundida y preguntó si su presencia en el infierno podría haber sido un error. Nunca usó las palabras, *"¡Prometo mi lealtad a Satanás!"*

Como si el oficial leyera los pensamientos de Jade, él preguntó: "Apuesto que estás pensando que nunca usastes esas palabras, ¿verdad?"

Las almas asintieron con la cabeza en acuerdo.

"Porque no tienes que ...", respondió el oficial.

"Como dije antes, ser enviado al infierno es una serie de decisiones. Cada decisión que haces te acerca al Cielo o al Infierno. Un día un hombre puede despertarse y estar completamente alineado con Satanás, porque cada elección que hizo nunca fue por el bien mayor, siempre fue para promover sus intereses. Motivado por la codicia, la lujuria, el orgullo, la gula, la pereza, la envidia o la venganza, toma la decisión consciente de que todo se trata de usted. Ahí es cuando eliges separarte de los demás y lo más importante, te vuelves demasiado orgulloso incluso para pedir perdón a Dios. Es entonces cuando tu alma está alineada con el diablo y esa es nuestra meta para la humanidad ".

Escuchar la verdad era insoportable para Jade. Si él fuera capaz de llorar, las lágrimas nunca se detendrían. Por el tiempo más largo, mientras él estaba en tormento, por alguna razón, no podía pensar en Dios. El pensamiento de Dios nunca entró en su mente, pero irónicamente, en el palacio de Satanás, en el medio del Infierno; Dios es el tema perpetuo de la discusión. Cómo conquistarlo es todo lo que Satanás reflexiona. Dios era real.

En consecuencia, más que el dolor que había experimentado desde que había estado allí; Lo que más dolió fue darse cuenta de que incluso el pensamiento de Dios era una fuente de consuelo, y los condenados eran incapaces de pensar en Dios por sí mismos. Ahora sabía que la peor parte del infierno no era el fuego, el azufre o los gusanos; fue la completa y total separación de Dios. En ese momento, Satanás salió de la habitación empapado en sangre y sonrió mientras giraba la cabeza decapitada de una niña en su dedo.

"¿Están todos motivados ahora?", Preguntó Satanás.

La tristeza de Jade se desvaneció rápidamente y solo pudo reunir sentimientos de odio y venganza. Ahora odiaba a los humanos por tener una oportunidad de salvación. Una oportunidad que él envidió. Entonces decidió que haría el trabajo de Satanás y dirigiría todo su odio hacia los vivos. Él ahora haría cualquier cosa para ver la desaparición de la humanidad.

"Amados, no creáis a todo espíritu, sino probad los espíritus para ver si son de Dios, porque muchos falsos profetas han salido al mundo." 1 Juan 4: 1

Capítulo Tres

De regreso a la Tierra

Era un día como cualquier otro en el Reino. Podrías oler la paz y la alegría. Estos no eran solo sentimientos, sino entidades que llenaban todos los sentidos. Estas emociones tienen un sabor, un sonido, un sentimiento y una mirada. Hubo una abrumadora sensación de comodidad y satisfacción. La palabra "querer" no existía en el cielo, porque no había nada imaginable para querer. Un alma tenía todo lo que posiblemente podría desear y necesitar. Los únicos sonidos son los de la risa y la música en perfecta armonía el uno con el otro. Se puede ver a los niños corriendo y jugando en todas partes. Los bebés gatean libremente, y es posible que incluso se vean almas sobre las nubes.

En el cielo, hay almas y hay ángeles. Los ángeles son soldados en el ejército celestial de Dios con el deber de proteger sus creaciones más preciadas: los humanos. Dios le da a cada alma la oportunidad de convertirse en un ángel, que es el más alto honor en el cielo. Ser un ángel es la oportunidad de devolverle a Dios todo lo que Él ha dado. Todas las almas deben ganarse sus alas antes de que puedan convertirse en ángeles, y un alma puede ser llamada en cualquier momento.

Steven estaba jugando en el lago azul claro con algunos niños y un ángel llamado Josiah. Josiah y Steven luchaban en el agua mientras los niños reían. Steven sintió una suave calidez en su espalda. Se dio la vuelta y gritó: "¿Padre?" Dios respondió: "Sí, hijo mío". Sonrió y los otros niños comenzaron a gritar: "¡Hola, padre!", Con entusiasmo en sus voces. Al instante, todos sintieron que un abrazo los calentaba.

"Steven, ¿puedo hablar contigo?", Preguntó Dios.

Steven y Josiah se miraron mutuamente, y Josiah susurró, "Esto es todo ..."

Steven respondió, "¡Por supuesto!" Mientras saltaba rápidamente del lago y se cepillaba. Steven sintió que su cuerpo se elevaba mientras las palomas lo levantaban suavemente. Fue liberado lentamente en un pasillo brillante frente a un trono. Jesús salió y colocó su brazo cariñosamente alrededor de sus hombros, "¿Realmente disfrutas el lago?" Jesús se rió.

Steven respondió: "¡Sabes que me encanta nadar!"

"El lago está ahí para ti, mi hermano; Sabía que te encantaría." Jesús le dio unas palmaditas a Steven en la espalda y se sentó a la derecha del Padre. Dios comenzó a hablar.

"Steven, te he llamado hoy porque siento que estás listo para ganar tus alas."

Steven cayó de rodillas y comenzó a llorar lágrimas de alegría.

"¡Gracias Padre! ¡Muchas gracias por esta oportunidad! "

Dios continuó," Hay un proceso para ganar tus alas, hijo mío. El proceso es muy difícil y no es para los débiles de corazón."

Steven tenía una comprensión muy básica del" proceso "de las conversaciones con Josiah. Sabía que sería enviado de regreso a la tierra; sin embargo, también sabía que cada prueba era diferente y lo más importante, no todas las almas pasaban.

"Serás enviado de vuelta a la tierra para intervenir directamente en la vida de uno de mis hijos. Muchos de mis hijos están perdidos y me necesitan. Una niña mía, Sarah Michel, ha sido removida de mí desde hace un tiempo. Se está acercando a un momento crítico en su vida en el que una decisión que toma la dejará perdida para siempre y tendrá un impacto en la vida de muchos. Si toma la decisión equivocada, será arrojada al fuego. Debes guiarla de regreso a mí."

Steven dudaba de su habilidad y no estaba seguro de una manera de abordar.

"Padre, ¿cómo voy a hacer eso? ¿Qué pasa si ella no escucha?" preguntó Steven.

"Hija Mía, ella no escuchará con sus oídos, pero su corazón aún está un poco abierto. Ella ha desarrollado un exterior duro y astuto de una vida difícil y las malas decisiones de los demás," dijo Dios.

Jesús intervino, "Padre, si puedo..." Dios asintió en aprobación para que Jesús continuara.

"Sarah me habló hace muchos años después de un accidente automovilístico. Ella suplicó que le diera algo que estaba perdido y que ella ya no podría tener. Pero al igual que muchos de mis hermanos y hermanas, ella pidió lo que quería y no lo que veía necesario. Cuando ella no recibió lo que quería, perdió su fe y no ha vuelto a hablar conmigo desde entonces. Se acerca a un momento de su vida en que ya no puede hacerlo sola," dijo Jesús.

Steven se veía triste y Dios sabía que aún tenía que elegir.

"Hija Mía, has sido removido de los males de la tierra por tanto tiempo. Esta tarea no será fácil y no hay garantías. Si este no es el tipo de servicio que le gustaría seguir, lo entiendo y siempre lo amaré," dijo Dios de manera tranquilizadora. Aún así, Steven estaba decidido.

"No padre. ¡Quiero ayudarla, y quiero ayudarte!" dijo Steven.

Jesús pasó a explicar los riesgos involucrados con esta misión. Advirtió a Steven que salvar su alma será una batalla entre el bien y el mal. Una vez que entrara en el reino de la tierra, podría sentir dolor nuevamente, y sería humano. Mientras estaba en la tierra, sería susceptible a las tentaciones terrenales. Se le aconsejó a Steven que estuviera en contacto constante con el Padre y el Hijo, para que siempre recordara su llamado. Dios explicó que, en el momento en que Steven ya no podía oír la voz de Jesús al orar, se perdería y debía trabajar para encontrarlo de nuevo. Steven estaría en la tierra hasta que el corazón de Sarah cambiera de una manera u otra. Steven entendió la gravedad de su tarea, y por primera vez, se volvió temeroso y dudoso.

"Recuerda ... siempre estoy contigo", dijo Jesús.

Steven entendió que se volvería humano, lo que significaba que una vez más estaría en el estado más vulnerable. Él no tendría los poderes de un ángel y no podría luchar contra un demonio solo y ganar. La única ventaja que tenía era la capacidad de reconocer a un demonio sin que el demonio se diera cuenta de que ya había logrado la salvación.

Si Steven mostrara algún signo de una conciencia más profunda de los reinos espirituales, un demonio crearía todas las situaciones imaginables para obligarlo a su propia muerte. Lo más importante, Steven se dio cuenta de que cada momento que estaba en la tierra corría el riesgo de perder su propia salvación. Una vez que ya no podía escuchar la voz de Dios, la única ventaja que tenía ya no existiría. Los demonios se volverían irreconocibles para él. Si en algún momento no podía escuchar la voz de Dios y era asesinado, existía la posibilidad de que pudiera ser enviado al infierno.

Jesús miró a Steven y supo todo lo que estaba pesando en su mente. Steven miró a Jesús y aceptó su misión.

"No nos hagamos vanagloriosos, provocándonos unos a otros, envidiándonos unos a otros." Gálatas 5:26

Capítulo Cuatro

Sarah

Sus ojos se abrieron y quedaron paralizados por lo que tenía delante. "Probablemente debería llamar a alguien sobre eso pronto," pronunció.

La pequeña grieta en el techo se había alargado desde la primera vez que la vio. Su alarma se hizo cada vez más fuerte, pero ella lo ignoró y continuó tendida allí. Cada vez era más difícil levantarse cada mañana. Hubo algunos días, si no fuera por su carrera, probablemente se quedaría en la cama mirando la grieta en el techo.

Sarah agarró su teléfono y escaneó rápidamente cada nuevo correo electrónico. Afortunadamente, no hubo llamadas perdidas del trabajo, por lo que los correos electrónicos podrían esperar hasta que ella llegara a la oficina. Pulsó el botón de alarma y agarró el control remoto. Puede haber sido reflexivo en este punto porque sus dedos instintivamente encontraron CNN.

El volumen era alto, tenía que ser fuerte. Para Sarah, las bromas con guiones de los presentadores de noticias era una paradoja cómica. Nunca podrían hacer una transición adecuada entre las historias, la mayoría de las cuales aún sonreían mientras brindaban noticias aleccionadoras. ¿Cómo se pasa de videos virales de gatos tocando piano a bombardeos en Siria?

Sarah se deslizó los dedos de los pies en las pantuflas, se colocó la bata de satén sobre los hombros y se dirigió hacia la cocina. Podía oler el café colombiano importado antes que esta preparado. Un ex novio le dijo una vez: "Una taza de café es la única garantía de felicidad con la que puedes contar." Resultó ser cierto, porque no podía contar con él.

Entró en el baño y giró el grifo hasta que no pudo ir más lejos y se mojó la cara agresivamente en agua fría. El sonido del agua corriendo mientras se agrupaba en la cuenca del lavabo le recordó la infancia. Su padre a menudo fingía que la rociara con agua mientras jugaba, pero nunca lo hizo. Se convirtió en una broma entre ellos que duró hasta bien entrada la adolescencia, justo antes que el morio.

Buscó una toalla para secarse suavemente la cara y lentamente abrió los ojos. Confrontada con su reflejo, realmente se vio a sí misma. Su verdadero cabello se partía en los extremos debido a que se enderezaba demasiado y sus raíces habían crecido. Era hora de retocar. Su color marrón castaño natural contrastaba con los reflejos rubios sucios que adoraba. Casi había olvidado cómo lucían sus ojos sin contactos azul verdoso. Parecían más oscuros de lo que ella recordaba.

Todo el ruido de fondo comenzó a desvanecerse. Los anclajes de noticias ya no eran audibles. El agua corriendo apagada. Hubo un silencio total. Una intensa e inexplicable sensación de tristeza la envolvió. Sarah intentó desesperadamente no llorar, pero sabía que ese era el único momento aceptable para eso. Entonces lloro.

Se dejó caer al suelo y se empujó hacia la pared más cercana. Ella sostuvo sus rodillas apretadas contra su pecho y se abrazó a sí misma. Ella quería gritar a alguien o algo. Había algo que ella necesitaba, pero no podía articular.

Sarah siempre estaba confundida en este momento exacto, y estaba mal equipada para resolver este problema. Ella nunca fue buena con los sentimientos, y no entiende por qué lo que sentía inexplicablemente la enojó y la frustró. Ella lanzó un profundo suspiro y luego se compuso rápidamente.

"Podría necesitar una dosis más fuerte de Zoloft," pensó.

Cada mañana era una batalla para mantenerlo unido, y no romperse. Sarah volteo la cabeza rápidamente y miró hacia el rincón más alejado del baño. Ella miró el espacio vacío momentáneamente. Nada estaba allí. Se sentía tonta esperando ver a alguien ahí parado. Sarah se levantó del suelo y se secó los ojos. Miró una vez más al espejo, se desvistió y se metió en la ducha.

***

Sarah comenzó a amar el color gris. Su armario parecía una escala de grises monocromática sin blanco ni negro. A ella nunca le gustó el negro o el blanco. Para ella, los colores estaban tan "aquí" o "allá" cuando el gris estaba contento en el medio.

Su armario estaba limpio. Su ropa estaba recién lavada en seco y alineada perfectamente. Ella necesitaba un traje pantalón. Se sentía particularmente venenosa hoy, así que agarró sus zapatillas de piel de serpiente Louis Vuitton con una bolsa de mano para combinar. Ningún atuendo está completo sin las gafas de sol Gucci.

Caminó con confianza hacia el lobby y la cabezas se dieron vuelta. Salió y esperó bajo el dosel. El conserje la saludó alegremente.

"Buenos días, Sra. Michel, ¿cómo está?"

Sarah, más preocupada por ubicar los guantes en su bolso de gran tamaño, no respondió.

"Hace un frío inusual hoy."

"¿Qué?"

"Oh, he dicho que es inusual ..."

"¿Por qué estoy esperando aquí?" Interrumpió Sarah. "¿No debería haber un auto aquí *esperándome*?"

"Ah, sí, señorita Michel, tiene razón, pero usted aún estaba treinta minutos de retraso, y no estaba seguro de si se dirigía a la oficina hoy. Su automóvil fue asignado a otro residente, pero otro automóvil estará aquí dentro de uno poco.

Sarah se bajó las gafas de sol para ver lo que estaba escrito en su etiqueta de nombre.

"¿Anthony?"

"¡Sí, señora!" respondió.

"¿Cuánto tiempo llevas trabajando aquí?"

Sarah sonaba menos molesta y parecía genuinamente interesada en saber.

"He estado aquí por tres años, más o menos cuando te mudaste."

"¿En serio? Pensé que eras un nuevo empleado. "

Anthony estaba confundido una vez que se dio cuenta de que ella no tenía ningún recuerdo de él. Él la saludó todas las mañanas durante tres años.

"No señora, estoy aquí todas las mañanas". Es

posible que Sarah no lo haya notado porque siempre estaba hablando por teléfono o simplemente estaba preocupada por otra cosa. Cualquiera sea la razón por la que lo omito todos estos años, fue perdonado. Anthony simplemente agradeció el diálogo.

"¿Te gusta aquí?" preguntó Sarah. Ella era sutilmente coqueta, mirándolo cuidadosamente mientras esperaba su respuesta.

Anthony no pudo esconder su sonrisa. Se había enamorado un poco de Sarah desde la primera vez que la había visto, pero nunca pensó que tuviera oportunidad. Todavía no creía que tuviera una, pero el reconocimiento de una mujer hermosa era suficiente para él.

"Me gusta aquí. Todos han sido amigables, y mis supervisores siempre están dispuestos a ayudar... y responder cualquier pregunta que yo tenga."

Sarah estaba aburrida y no hizo ningún esfuerzo por ocultarlo. Estaba en Facebook mientras Anthony hablaba. Consciente de que estaba empezando a perderla, pero ansioso por continuar la conversación, le preguntó por sus intereses.

"¿Entonces en qué trabajas? Siempre pareces muy ocupado. Debe ser importante."

"Es importante, muy importante. Requiere MUCHO más pensamiento que abrir puertas para las personas. ¡Es por eso que estoy sorprendido de que todavía estoy esperando mi auto!"

Anthony entendió el insulto sutil y se sorprendió de lo rápido que cambió su tono.

Sarah terminó de fingir interés. Terminó de chatear con "la

ayuda." Estaba lista para irse.

"Debería estar aquí en cualquier momento" dijo Anthony.

"Escucha, cuando salgo solo quiero poder subir a mi auto e ir, ¿entiendes? Entonces, si llego tarde, toma ese pequeño teléfono y pregunta, no asuma, cuáles son mis planes para la mañana.

La sonrisa de Anthony se desvaneció, "Tiene toda la razón, Srta. Michel. Me aseguraré de hacer lo que me pidas en el futuro.

El automóvil llegó y Anthony abrió la puerta. Sarah entró; una vez sentada, rodó la ventana.

"Espero haber sido claro... realmente no me gustaría involucrar a tu supervisor."

Alguien tenía que enseñarle profesionalismo a estas personas. En su experiencia, fueron rápidos para hablar y lentos para realizar. Sarah siempre ha estado en la cima de su juego y esperaba que otros hicieran lo mismo. Nadie hizo concesiones por ella, y ella no quería ninguna. Ella llegó antes que la mayoría y siempre fue la última en irse. Trabajó en la universidad, internó, trajo café, y tomó mucha basura de la gente para disfrutar de un salario de seis cifras.

Sarah aprendió que las personas no tienen éxito en Washington, DC, el centro político del mundo, al ser fácil de convencer o esperar su turno. ¿Quieres algo? Tómalo. Mejor aún, convence a alguien para que te lo dé.

Su empresa era uno de los nombres más importantes en contratación gubernamental en la nación. La empresa realizó negocios de millones de dólares con el gobierno porque siempre anticipó las necesidades de agencias como el Departamento de Defensa, la Central Intelligence y otras. Tenía una cartera considerable de fondos invertidos y su empresa con frecuencia buscaba expandirse, adquirir o encontrar las últimas innovaciones. Sarah subió la escalera corporativa siendo astuta. Ella voluntariamente tomó las decisiones que muchos dudaron en hacer, y por eso, se ganó el respeto en una industria dominada por hombres.

Cuando Sarah llegó a la oficina, su asistente estaba allí para saludarla.

"¡Buenos días, Sra. Michel! Aquí está tu café con leche descremada doble y muffin de salvado bajo en grasa.

Sarah pasó junto a ella y no hizo ningún esfuerzo por tomar los artículos. En cambio, se sentó en su oficina y esperó a que le sirvieran.

"¿Quién me llamó, Sally?"

El nombre de su asistente en realidad era Shiloh, pero Sarah no creía que se pareciera a un Shiloh y pensó que "Sally" encajaba mejor.

Su asistente le entregó a Sarah una hoja de cálculo de todas las llamadas de esa mañana con el nombre, la hora, la fecha y la razón por la llamada. Sarah encontró que este era otro momento de enseñanza sobre "estar en la cima de su juego".

"Sally, necesito el número para el Capitán Edward Holland", dijo Sarah con autoridad.

Shiloh pareció perpleja.

"Lo siento, señorita Michel ... ¿Olvidé poner el número en la hoja?"

Sarah hizo una bola con la hoja, la arrojó al otro lado de la habitación, se inclinó hacia adelante y la miró.

"No ... su número está en la hoja de cálculo. Sin embargo, he *preguntado* por el número, Sally."

Shiloh, claramente intimidado, tropezó con sus palabras.

"Ah... umm... bueno, señorita Michel... no tengo el número memorizado..." respondió Shiloh, preguntándose cuál sería la penalización por esta infracción.

Sarah comenzó a mirar la pantalla de su computadora y escribio mientras hablaba.

"Uno de los criterios en los que insistí cuando recursos humanos entrevistó a los candidatos para su puesto, Sally, fue que seleccionan a alguien inteligente, con buena memoria. Aunque su posición no requiere mucha reflexión, yo fui inflexible en ese punto."

Shiloh asintió para mostrar su comprensión.

"Es posible que no se haya dado cuenta de esto, pero nuestra empresa ha apoyado la oficina de su programa durante más de una década. Tenemos alrededor de una docena de otros clientes leales como él que trabajan específicamente conmigo debido a la relación que hemos construido. Si me va a ayudar, debe conocerlos tan bien como yo. Necesita saber todo sobre ellos, incluidos sus números, de memoria. Quiero que incorpores esta información en tu memoria," dijo Sarah.

Sarah sabía que esto nunca se le había comunicado a Shiloh y también sabía que la expectativa era irracional. Sin embargo, ella quería ver su reacción. Ella quería ver si la desafiaron.

"¿Hay algo más que pueda obtener para usted, señorita Michel?"

Sarah levantó la vista de la pantalla de su computadora, molesta por lo débil de carácter era Shiloh.

"No, ya terminé contigo", respondió Sarah.

Shiloh bajó la cabeza y cerró la puerta.

Sarah estaba un poco atrasada esa mañana; ella necesitaba hacer algunas llamadas telefónicas antes de la reunión de las 10:00 a.m. La fiesta de jubilación de Ronald Henry se realizó la semana pasada, y la posición de Gerente Superior ya estaba abierto en el Departamento de Adquisiciones.

Ron fue un gran mentor y le dijo que cuando se abriera el puesto, sería la candidata principal. Su portafolio era prueba suficiente. En tres años, a través de su esfuerzo directo, la empresa adquirió tierras, alquiló propiedades en todo el Distrito, refinerías de petróleo y ganaba más dinero del que sabían qué hacer.

Sarah sabía que no podría depender de esos elogios para siempre. En este negocio, ella era tan buena como su última gran idea. Su competencia fue David Mercer, el hijo de un amigo de la familia cercana a un miembro de la junta.

Desde que comenzó a trabajar para la compañía, ella lo odió. Salió de Yale y fue colocado en un puesto de gestión junior sin experiencia real. La compañía necesitaba llenar el puesto de inmediato; en cambio, la posición se mantuvo durante tres meses porque David estaba de vacaciones en Madrid. Mientras tanto, Sarah hizo juegos malabares con las obligaciones de dos gerentes durante tres meses.

Cuando David llegó, actuó como si fuera su jefe. Hizo demandas enmascaradas con la pregunta: "¿Puedo pedirle ayuda en algo urgente?" Si hubiera sido otra persona, habría sido informado de su antigüedad en la empresa y la habría ignorado sin pensarlo dos veces, pero estaba protegido.

El presidente de la compañía entró en la oficina de Sarah

tarde un día, un día antes de la llegada de David, y dijo: "Como saben, David comienza mañana." Asegúrate de hacer que se sienta como en casa y brindarle la ayuda que necesita para ser una estrella como tú."

Sarah sabía que favorecían a David y si quería una oportunidad en el puesto, al menos tenía que fingir de ser amable.

Sarah estaba a punto de irse de su oficina a la reunión cuando su asistente apareció.

"Su reunión es en la sala de juntas ejecutivas en cinco minutos. Oh! Y el doctor Bailey llamó, su número es: (202) 513-5554.

Sarah la miró y negó con la cabeza.

"Me dirijo allí ahora... Llamaré nuevamente," dijo ella.

Sarah arrebató el bolígrafo y la libreta legal que su asistente había preparado y marchó por el pasillo.

David y Sarah llegaron a la entrada de la sala ejecutiva al mismo tiempo. David la saludó con una sonrisa.

"¿Cómo estás esta mañana?", dijo mientras sostenía la puerta abierta.

Sarah esbozó una sonrisa rápida y entró delante de él. El presidente, el vicepresidente, el director financiero y los miembros de la junta estaban todos sentados. Cuando David y Sarah entraron, los miembros de la junta inmediatamente comenzaron a sonreír y se levantaron para abrazarlo. Sarah tuvo que fingir que estaba interesada en la discusión que estaba teniendo el grupo. Le preguntaron a David cómo le gustaba DC y la junta siguió acariciando su ego al enfatizar la impresión que hizo al personal en el corto tiempo que había estado con la compañía.

Sarah intentó con todas sus fuerzas ocultar su envidia con sonrisas falsas, pero fue nauseabundo. Ella tenía que quitarle el foco de alguna manera.

"Lo siento ... ¿hay una agenda para esta reunión?"

El Presidente respondió: "Oh, no, considere esta reunión informal. Somos un negocio, pero no todo el tiempo, Sarah."

"¡Por supuesto!" respondió ligeramente avergonzada.

El Presidente aprovechó la oportunidad para realizar la transición al propósito de la reunión.

"Los he llamado a los dos aquí, porque ustedes son las

jóvenes estrellas de esta compañía. No es ningún secreto que la posición de Ron debe ser ocupada. Para ser franco, ambos están considerados," dijo el presidente.

David sonrió y le dio un codazo a Sarah. Ella mostró otra sonrisa falsa y continuó atenta mientras hablaba.

"Ambos tienen cualidades de liderazgo que son grandes valores para este puesto. David, aunque solo has estado aquí por unos meses, has establecido excelentes relaciones con muchos contactos en el extranjero y realmente has comenzado a formular algunas iniciativas realmente innovadoras que creo que nos llevarán al futuro. Y, Sarah, definitivamente has hecho dinero a la compañía y mantuviste la consistencia que necesitamos para mantenernos vitales. Dicho esto, evaluaremos su rendimiento laboral durante los próximos meses. Nuestro período de propuesta está por venir. Todos esperamos ver dónde más crees que debería ir esta compañía.

David le guiñó un ojo a Sarah y luego dirigió su comentario al presidente.

"Quiero decir ... ¿dos estrellas serían demasiado brillantes?" preguntó David.

Algunos ejecutivos se rieron entre dientes. David le dio un codazo a Sarah por segunda vez. Enojada, ella cortó sus ojos hacia él y cambió la conversación alegre a un tono serio.

"No te decepcionará. Me pondré en el lugar correcto y demostraré que soy el mejor candidato para el puesto," dijo Sarah mientras ignoraba los gestos ridículos de David.

Los ejecutivos asintieron, luego se pusieron de pie y estrecharon ambas manos. Sarah salió rápidamente de la sala de juntas y David corrió detrás.

"¡Oye, oye..., caminas tan rápido!" dijo David bromeando mientras la perseguía.

"Sí. Camino rápido porque tengo trabajo que hacer y cosas que hacer durante el día. Lamentablemente, no tengo el lujo de conversar y charlar." Sarah se volvió hacia él y se detuvo bruscamente. David casi se encuentra con ella. Ligeramente irritada, Sarah preguntó: "Entonces, ¿Con qué puedo ayudarte David?"

David sonrió y comenzó a hablar. Era un tipo alto y bien parecido, y Sarah podía ver que su sonrisa lo había ayudado en la vida. Tenía una actitud encantadora y relajada a la que la mayoría de la gente gravitaba.

"Bueno, lo que propuse en la reunión no fue una broma, aunque creo que todos lo tomaron de esa manera", dijo David.

"¿De qué estás hablando?" respondió Sarah, sin intentar ocultar su molestia.

"Cuando pregunté si dos estrellas serían demasiado brillantes, estaba dando a entender que una posición podría en realidad ser dos", dijo David. "Los dos estamos bien informados, y creo que podríamos servir mejor a la compañía si trabajamos juntos."

Sarah dio un paso atrás y se cruzó de brazos.

"Entonces... ¿está sugiriendo que ambos nos convirtamos en altos ejecutivos en el Departamento de Fusiones y Adquisiciones...?"

David colocó sus brazos detrás de su espalda y le quitó la sonrisa para demostrar su seriedad con respecto a la propuesta.

"Sí, lo soy", dijo David.

Sarah se detuvo por un momento y se rió. ¿Cómo podría hacer tal proposición? Sabía que no tenía lo que se necesitaba para ocupar un puesto de alto rango y sugería una asociación solo para ocultar sus deficiencias. Sarah no lo estaba teniendo.

"¡Absolutamente no! ¡De ninguna manera!" dijo mientras continuaba caminando.

David siguió a Sarah a su oficina y saludó a su asistente.

"¡Oye, Shiloh!"

Shiloh sonrió casi sonrojándose. Sarah miró a su asistente, quien rápidamente volvió a un correo electrónico.

"David, ¿por qué estás aquí?", dijo Sarah mientras se sentaba.

"Solo quiero que pienses sobre eso. ¡Eso es todo! Para mí, los títulos no son tan importantes como lo que podríamos lograr como equipo para la empresa. He estado trabajando en un proyecto que sería genial si compartiéramos nuestros contactos. Creo que la propuesta es suficientemente buena como para que los ejecutivos nos consideren trabajando juntos en esto," dijo David.

Sarah pensó en su propuesta por un segundo, pero se encogió al pensar que ella y David estaban en el mismo nivel después de que solo había trabajado para la compañía durante siete meses. ¡La proposición fue ridícula!

"Lo siento, David. Ya tengo un proyecto muy grande en el que estoy trabajando." Sarah respondió casualmente.

David, no afectado por el rechazo, se encogió de hombros y sonrió.

"Entonces no hay problema... la mejor de las suertes para ti." David respondió como si le aseguraron una victoria.

La verdad era que Sarah no tenía un gran proyecto. Los ejecutivos aludieron al hecho de que querían algo de vanguardia, y Sarah estaba en una especie de rutina. Ella fue consistente pero no innovadora. No podía seguir trayendo lo mismo a la mesa.

Cuando David salió, dejó la puerta de la oficina de Sarah ligeramente abierto. Él estaba hablando con su asistente.

"¿Cómo fue la prueba?", preguntó David.

Shiloh, emocionado de que lo recordara, respondió: "¡Tengo un 96 por ciento! ¡Muchas gracias por los libros! "

" ¡De nada! "Dijo David. "Tienes que unirte a mí y a mi pasante, Jamal, para almorzar hoy. Vamos a ver ese nuevo bar de deportes en Chinatown."

¡Genial! Eso funcionará para mí," dijo Shiloh con una gran sonrisa.

"Nos encontraremos en el lobby como las doce." David le guiñó un ojo a Shiloh y salió. Sarah llamó a Shiloh a su oficina.

"Sally, ¿podrías llamar al Dr. Bailey por teléfono?"

"¡Claro!" respondió Shiloh alegremente. Para Sarah era obvio que Shiloh estaba muy feliz por el almuerzo.

"Oh, Sally, una cosa más..." Sarah dejó de escribir y la miró. "Espero que no tengas ningún plan de almuerzo, realmente te voy a necesitar hoy".

La sonrisa de Shiloh se desvaneció y ella cerró la puerta. Sarah comenzó a respirar pesadamente y buscó frenéticamente sus medicamentos para la ansiedad cuando sonó el teléfono. Fue el Dr. Bailey.

"Necesito verte hoy. ¿Tienes un espacio esta tarde?" preguntó Sarah.

"Despacio, Sarah. Si tengo, ven a las 3:30 p.m." respondió el Dr. Bailey.

Sarah colgó el teléfono, colocó su cabeza entre sus manos, y luego golpeó el escritorio con los dedos mientras pensaba en todo lo que necesitaba decir a su psiquiatra.

***

Cuando Sarah llegó a la oficina del Dr. Bailey, tuvo que esperar unos 15 minutos para ser vista. Le temblaba la pierna mientras constantemente reviso la hora.

"Dr. Bailey te verá ahora," dijo la secretaria.

Ella irrumpió en la oficina y dio un portazo.

"¡Lo odio!" gritó Sarah, como si gritar fuera su única fuente de alivio.

"Cálmate Sarah, el odio es una palabra tan fuerte," dijo el Dr. Bailey.

Dr. Bailey había sido su psiquiatra durante casi una década; él la conocía mejor que nadie.

"¡Literalmente me pone enfermo!" respondió Sarah. "No ha hecho nada importante con su vida, ¡sin embargo, lo consigue todo! ¡Todos lo aman y piensan que es tan inteligente y encantador cuando sé que no es así!

Sarah se sentó en el sofá, se cruzó de brazos y reflexionó.

"¿Sabes lo que me preguntó hoy?"

Dr. Bailey se sorprendió por su repentina salto hacia adelante. Se sentó con calma y le indicó que continuará.

"¡Tuvo la audacia de preguntarme si podríamos trabajar juntos en un proyecto! ¡Solo para que puede relajarse! " dijo Sarah.

"Quizás él te respeta a ti y a tu trabajo y puede ver a los dos trabajando bien juntos. ¿Has considerado ese motivo? " respondió el Dr. Bailey.

Sarah se sintió ofendida por la sugerencia que hizo, y rápidamente lo corrigió.

"No... ¡eso no es todo, él quiere usarme!"

Sarah se levantó y caminó alrededor de la oficina. Echó un vistazo al doctor Bailey garabateando en sus notas.

"Necesito poner mucho atento."

El Dr. Bailey la miró y escribió algo más. Sarah se acercó y se colocó justo frente a él para llamar su atención.

"Necesito otra receta," dijo Sarah.

"Sarah, no te deben una recarga de medicamentos hasta al menos un par de meses. No, no te daré una receta," dijo el Dr. Bailey con autoridad.

Sarah se inclinó más cerca de él y comenzó a deshacer su camisa.

"Vamos Andrew, sé cómo manejar los medicamentos; No voy a sobredosis."

Dr. Bailey y Sarah comenzaron a tener una relación sexual hace unos cinco años. Su relación inapropiada e insalubre ha sido una serie de rabietas y mentiras. Se usaron entre sí para satisfacer necesidades que nunca llegaron a la raíz del problema. Sarah lo hizo sentir joven, y él la recompensó con drogas.

Sarah se quitó las gafas y lo besó apasionadamente. El Dr. Bailey se acercó y rechazó una imagen de su esposa y sus tres hijos. Sarah dejó de besarlo y miró hacia la foto que ahora estaba boca abajo en su escritorio. Él deslizó las correas de su brasier y besó su cuello y hombros.

"¿Por qué siempre haces eso?" preguntó Sarah.

Ella estaba irritada. El Dr. Bailey estaba en el proceso de deshacer su brasier con la esperanza de distraerla.

"¿Por qué te preocupa?", Preguntó.

Sarah se levantó de su regazo abruptamente poniendo fin al romance.

"¡Deja la mierda de psiquiatría!" Ella alcanzó su blusa. "¿Nunca la vas a dejar, verdad?" preguntó Sarah mientras trataba de mantener la compostura. El Dr. Bailey cerró los ojos momentáneamente mientras agarraba la parte posterior de su brazo.

"¡No me toques!" Ella gritó.

Preocupado de que alguien lo oiga, el Dr. Bailey susurró, "¡Sarah, baja la voz!"

Sarah respondió con un tono aún más fuerte, "¡Sólo dame la maldita receta, CABRON!"

El Dr. Bailey sacó un bolígrafo del bolsillo y se la dio lo que ella quería. Solo quería que Sarah se calmara y se fuera. Sarah le arrebató la prescripción, se secó los ojos con su manga y salió furiosa de su oficina.

***

Sarah llegó a casa, apoyó la espalda contra la pared y se deslizó al suelo. Ella estudió los muebles en el vestíbulo. Eran moderno y elegante, hermoso, pero poco atractivo. Ella comenzó la rutina habitual: puso el televisor en la CNN, se puso su pijama de seda y sacó su computadora portátil. La luz parpadeó en su contestador automático. Ella tenía un mensaje de voz. Andrew probablemente llamó para disculparse. Ella presionó el botón y escuchó.

"Hola, cariño, es tu madre. Sé que soy probablemente la última persona de la que quieres escuchar, pero... te quiero mucho. Necesito asegurarme de que estés bien y te vaya bien. Por favor llámame."

Sarah oprimo 'borrar'. Tomó un Xanex, buscó debajo de su cama y sacó una botella de Merlot. Ella sirvió un vaso lleno y lo tragó rápidamente. Ligeramente achispado, se deslizó debajo de su edredón gris y se durmió.

"Revestíos con toda la armadura de Dios para que podáis estar firmes contra las insidias del diablo. Porque nuestra lucha no es contra sangre y carne, sino contra principados, contra potestades, contra los poderes de este mundo de tinieblas, contra las huestes espirituales de maldad en las regiones celestiales." Efesios 6:11 - 12

Capítulo Cinco

Entrenamiento

Jade había entrenado por un tiempo No había manera de que supiera cuánto tiempo, el tiempo es inmensurable cuando el fondo es una eternidad. Había alrededor de quinientos almas en grupos de acerca de cincuenta, cada uno recibiendo instrucciones de un demonio. Algunos practicaban la invisibilidad, otros estaban aprendiendo cómo transformarse, algunos tenían los ojos cerrados y parecían estar en profunda meditación. Esas almas estaban aprendiendo cómo aprovechar el poder del diablo.

Azul fue el instructor del grupo de Jade. Parecía más silencioso y menos enojado en comparación con los demás. Él era extraño. Era bajo, viejo y calvo. Los otros oficiales en el infierno se transformaron en las criaturas más espléndidas, pero Azul parecía simple y aburrido. Tenía un tono azul para él y usaba gafas.

Jade concluyó que debe haber sido su apariencia mientras vivía. Para Jade, esa era la única explicación racional de por qué elegiría presentarse de esa manera.

"Eres consciente de que has sido seleccionado para regresar a la tierra," dijo Azul mientras caminaba de un lado a otro frente a ellos. "Cuando regrese, tendrá poder que debe desarrollarse ampliamente antes de que pueda ser utilizado. Este poder se deriva de un odio magistralmente controlado y concentrado," dijo Azul mientras sus ojos recorrían la sala en busca de sus reacciones.

"Cuanto mayor sea el nivel de control que tengas, mayor sea el nivel de maestría obtendrás al manipular las artes negras. Tendrás la habilidad para ejecutar mucho más caos. "

La atención de Jade fue inquebrantable mientras escuchaba. Nada era más importante que lo que Azul estaba diciendo.

"En este momento, son almas miserables atormentadas que solo pueden sentir pesar, desesperación e inquietud. Usted tiene la inhabilidad de experimentar cualquier emoción positiva; sin embargo, el odio puede disfrazar los verdaderos sentimientos. El odio es tan poderoso; es la única emoción además del amor que puede consumir un alma."

Azul continuó explicando que la encarnación del odio es Satanás, y Satanás necesitaría ser usado como un recurso para desarrollar sus poderes de odio.

"Odio solamente no es suficientemente poderoso. Como un humano anterior, el odio no es una emoción natural sino una experiencia aprendida," dijo Azul.

Azul enfatizó que los mejores demonios entienden lo que los humanos sienten. Los mejores demonios entienden los deseos humanos y luego los manipulan. Azul dejó en claro que algunos humanos eran más difíciles de manipular que otros.

"No cometas el error de pensar que todos los humanos son débiles," dijo Azul.

Confundido, Jade preguntó: "¿Algunos humanos también tienen poder?"

"No. No tienen 'poder', pero hay algunos humanos que tienen conciencia de los reinos espirituales, sea porque realmente creen sin saber y pueden sentirlo en sus corazones, o lo saben definitivamente," dijo Azul.

No satisfecho con la explicación que dio Azul, Jade siguió.

"¿Cómo podría la gente saber definitivamente que Dios existe o que el infierno es real? Si estas personas lo saben, será imposible adquirir sus almas, ¡ellos saben la verdad!"

Azul se sintió un poco agitada por la suposición de Jade y estalló.

"¡Es muy posible! Puede suceder... definitivamente puede suceder."

Azul describió situaciones en las que algunos humanos fallecieron y vieron el cielo, pero fueron enviados de vuelta a la tierra. El hizo hincapié en que estos humanos son los más peligrosos porque están tratando de salvar almas. Por lo general, intentan salvar el alma de un ser humano que debe tomar una decisión que podría afectar la vida de muchos.

"Estos humanos deben ser eliminados," dijo Azul. "Un demonio no puede decir quiénes son estos humanos porque se mezclan perfectamente con la población, pero estos humanos pueden reconocer el mal."

Azul aseguró al grupo que si prestaban suficiente atención, podrían reconocerlos también. Jade quería saber más. Jade no quería que nadie o nada reduce su estancia en la tierra.

Si Jade tuviera que describir el infierno, no habría palabras en ningún idioma que transmitan por completo los sentimientos de desesperación y la inmensa agonía que experimentó en cada momento. Él no quería estar allí.

"La mayoría de los humanos cuestionan y sienten curiosidad porque no saben. Esto los lleva a investigar. Ellos tienen el deseo de echar un vistazo. Una vez que lo han hecho, ya son más profundos de lo que habían planeado, y antes de darse cuenta están perdidos. Por otro lado, los humanos que han visto la luz harán todo lo posible para evitar la tentación a toda costa, porque conocen sus fragilidades y también saben todo lo que está en juego. Esta es la diferencia entre los humanos que están conscientes y los que no," dijo Azul.

La idea de esto provocó algo en Jade que hizo que sus ojos se volvieran rojos. Estos humanos "especiales" podrían impedir su progreso y enviarlo de vuelta al infierno. La idea lo enojó, y pudo sentir el calor subiendo dentro de él. En ese momento, un disparo de fuego voló de su mano y quemó el suelo. Jade se sorprendió, no estaba segura de lo que acaba de pasar.

El grupo de almas lo estudió con cuidado, sus expresiones apenas enmascarando su miedo. Azul asintió con la aprobación y comentó: "Eso es el poder del odio... Ahora te enseñaré cómo controlarlo".

Las lecciones continuaron y el grupo de Azul continuó mejorando en su dominio de las artes negras. Las almas tenían un nivel básico de dominio y su odio crecía a cada momento. Azul les pidió que se sentaran y se prepararan para la lección más importante. Fue la lección de la persuasión. Azul hizo aparecer dos imágenes holográficas antes del grupo.

"¿Alguien sabe quiénes son estas personas?", Preguntó.

Una alma respondió: "Son Adolf Hitler y Jim Jones, líder de Jonestown".

Azul asintió con la cabeza, "Tienes razón. Ambos se sentaron en esta misma mesa y se les dio la misma oportunidad que ustedes para regresar a la tierra. No usaron magia negra; ellos solo usaron el poder de la persuasión. Convencieron a los humanos a matarse unos a otros y a ellos mismos. Gran parte del odio que conjura sigue incrustado en las mentes de las personas que siguen sus escritos y sus visiones generaciones después," dijo Azul.

Azul no pudo enfatizar la importancia de entender la naturaleza de los humanos suficientemente. Él continuó aprovechando cada oportunidad para dar forma a su comprensión de esta lección.

"Por último, los humanos están diseñados para el servicio; sin embargo, la ironía es que deben *elegir el* servicio. ¿Por qué los humanos *eligen* ser sirvientes cuando son *libres* de ser reyes? ¿Por qué los humanos eligen escuchar y obedecer cuando pueden saberlo todo y crear las reglas? Estas son las preguntas que nunca respondemos para ellos. Estos son los deseos con los que la humanidad ha luchado desde el principio de los tiempos. Alentamos sus instintos y deseos naturales que inevitablemente los llevarán a una elección incorrecta. Incluso alentamos su intelecto. Muchas veces los humanos han 'pensado' ellos mismos fuera de la salvación.

Comprender sus deseos es la clave para adquirir sus almas."

Azul estaba en su elemento, las almas quedaron cautivadas por la lección.

"Los humanos quieren ser amados, quieren ser aceptados, quieren consuelo y seguridad. Para que gran parte de estas cosas se adquieran, debe haber sacrificio. Para ser amado también debes amar a los demás, ser aceptado, debes aceptar a los demás; tener comodidad y seguridad; debes estar contento con lo que tienes. Pero los humanos quieren soluciones rápidas. Los humanos quieren estas recompensas sin el trabajo, el esfuerzo o el sacrificio... ¡Y son vanidosas, muy vanas! ¿Cómo puede un humano amar a otro cuando su mayor amor es de si mismo? ¿Cómo pueden los humanos aceptar a los demás cuando categorizan constantemente y juzgan por las cosas más insignificantes? ¿Cómo puede un ser humano estar cómodo y seguro con lo que tiene, cuando su hermano tiene más? Aquí es donde nos entramos. Ya ven, ellos ya desean estas cosas. Es natural que lo hagan, por lo tanto, solo les mostramos los atajos. Les mostramos el valor de la gratificación instantánea. Hacemos hincapié en el beneficio de hacer lo que se siente bien, y lo más importante, hacer que los humanos crean que todos los problemas se pueden resolver por sí mismos.

"Pero las almas deben ser adquiridas rápidamente cuando están alineadas con el diablo. Cada momento que un ser humano está vivo, es una oportunidad de redención, una oportunidad de salvación. Es es una oportunidad que no podemos permitir," dijo Azul.

Azul pasó a explicar cómo los demonios podían matar a los humanos, y había tres formas en que un demonio podía matar. Primero, un demonio podría matar utilizando el poder de la persuasión y convencer a los humanos para que se maten entre ellos. Segundo, los demonios pueden poseer una alma humana y luego tener el poder de cometer un asesinato mientras están en el cuerpo. Sin embargo, Azul explicó que este acto requería el permiso del humano para ingresar al alma y una gran cantidad de energía una vez que estaba involucrado. También hay un elemento de peligro. Si la palabra de Dios es dictado mientras un demonio había entrado en un espíritu humano, el dolor sería insoportable. El demonio moriría y regresaría al infierno. Azul explicó que la mejor forma de matar a un humano era convencerlo de suicidarse, suicidio. El suicidio significaba una esperanza humana perdida, ya no tenía fe, y creía que el problema podía resolverse de solo.

"Los humanos que se suicidan no tienen el concepto de un plan más grande y se involucran tanto que su relación con el mundo y otros ya no es importante," dijo Azul.

Mientras las lecciones continuaban, Jade comenzó a notar cambios extraños y dramáticos sucediendo dentro de su cuerpo. Su masa muscular estaba aumentando, su cabello se estaba volviendo más oscuro y más denso. Él creció colmillos. A medida que pasaban los momentos, se volvía más como una bestia. Azul también notó este cambio. Jade estaba progresando mucho más rápido que los demás. La miseria y la desesperación eran emociones difíciles de superar, pero Jade de alguna manera reprimió estas emociones y se llenó del odio necesario para volverse demoníaco.

***

El día que Jade había esperado llegó. Era hora de que cada grupo demuestra que eran capaces de pasar al mundo. Todas las almas estaban alineadas; algunos parecían más como almas y otros parecían más como demonios. Esta era la única oportunidad que tenían los estudiantes.

Una alma tenía muy poco pelo en su cuerpo y aún parecía una alma atormentada. Uno de los oficiales le pidió que se transformara en un perro. Ella lo hizo. Otro funcionario le pidió que se volviera invisible. Ella lo hizo. Después Satanás creó la ilusión de un bebé. El bebé parecía real mientras gateaba llorando como si buscara a su madre.

"Mata al bebé". Dijo Satanás.

El alma cerró los ojos y trató de concentrarse, pero no pudo dirigir ningún odio hacia el niño. Se esforzó e intentó duramente matar al niño, pero no pudo hacerlo.

"Mírame ...", dijo Satanás.

El alma estaba petrificada. Satanás se acercó a ella y colocó su dedo en su barbilla titulando su cabeza hacia él.

"Todavía tienes luz en tus ojos..." El alma rápidamente cerró los ojos y continuó tratando de juntar el coraje para matar al bebé.

Pero fue demasiado tarde; Satanás ya había visto que ella era débil. Quitó la imagen del bebé y convocó a Jade.

En este momento, Jade parecía una bestia. Medía aproximadamente ocho pies y medio, tenía garras afiladas como navajas y no tenía absolutamente ninguna luz en los ojos. Los oficiales le pidió que hiciera casi todos los trucos, y lo hizo impecablemente. Todos quedaron impresionados menos Satanás. Satanás se le acercó y lo miró a los ojos; ambos se miraron por mucho tiempo. Satanás podía sentir el odio. Satanás señaló el alma que fue antes que él.

"Quiero que la tortures, pero... sé creativo".

Jade miró a Satanás y sonrió. De repente, Jade se transformó en un bebé y comenzó a gatear hacia ella. Jade sonrió inocentemente, como lo haría un bebé, luego su cara se volvió horrible y comenzó a golpearla con fuerza y violencia hasta que su cráneo cedió. Los oficiales se pusieron de pie y aplaudieron. Azul permaneció sentada, aparentemente no impresionada por el espectáculo. Satanás se inclinó y le susurró al oído a Azul.

"Para ser tan miserable y triste, seguramente entrenaras a los mejores soldados. Deberías comenzar a disfrutar de tu estadía aquí; aquí *es* donde querías estar." Satanás continuó aplaudiendo a Jade, mientras Azul salía silenciosamente de la habitación. Jade notó que Azul se iba por un pasillo oscuro y lo siguió.

"Azul, ¿a dónde vas?" preguntó Jade.

"Me voy a mi mazmorra; podrás experimentar algo de felicidad una vez que regreses a la tierra. Felicidades..." dijo Azul, mientras continuaba caminando rápidamente.

"¡Espere! Escuché algunas cosas sobre ti que no tienen sentido. Satanás nunca te gana? Todos lo maltratan sin importar su nivel. Entrena a sus mejores soldados y se le han dado oportunidades de regresar a la tierra varias veces, pero ha declinado. ¿Por qué? ¿Por qué siempre estás tan triste? ¡No lo tienes ni la mitad de malo que las almas aquí!" Jade dijo enojado porque Azul rechazó la oportunidad que mataría por.

Azul miró a Jade y sus ojos comenzaron a regar. Jade nunca había visto los ojos de nadie llorar en el infierno. Azul le dijo a Jade que lo siguiera.

Cuando Azul abrió la puerta de su mazmorra, la habitación estaba helada. Más frío que cualquier cosa que Jade haya sentido alguna vez. Hacía tanto frío que ardía.

"¿Sabes cómo sabía que algunos humanos estaban conscientes de la existencia de Dios?" preguntó Azul.

Jade negó con la cabeza.

"Sabía que el cielo existía porque había estado allí..." dijo Azul con voz temblorosa.

Jade estaba estupefacta. No pudo ocultar el impacto en su rostro.

"¿Has estado en el cielo? ¿Cómo terminaste aquí?

Azul extendió su mano hacia Jade, silenciándolo.

"Eso es lo que pienso cada momento... Eso es lo único que pienso," dijo Azul, mientras las lágrimas comenzaron a fluir de sus ojos.

"¡Satanás se burla de mí y se ríe de mí! Me susurra al oído y dice que soy como él, porque, como él, elegí estar aquí en el infierno, en lugar de en el cielo después de conocer y experimentar cómo es el cielo. "

Jade solo vio a Azul mientras su mirada en blanco vio el piso.

"Tienes razón. ¡Él no me maltrata porque la idea de no estar en el cielo después de estar allí es un tormento suficiente! En lugar de simplemente dejarme sentar en el consuelo, en lugar de dejarme soportar la miseria y el dolor que traía a mí mismo, él me hace entrenar a sus soldados. ¿Por qué querría volver a la tierra? Entonces pude sentir nuevamente la gracia de Dios y entristecerme aún más al saber que la gracia no es para mí. Estoy condenado." dijo Azul.

Las lágrimas de Azul comenzaron a fluir más rápido y más pesado. Sus lágrimas estaban heladas.

La curiosidad de Jade lo animó a preguntar, "¿Cómo era el cielo?" De repente, Azul creció a una altura tremenda, se cernió sobre él y rugió más fuerte que cualquier demonio que Jade haya escuchado. "¡LÁRGATE!"

Jade salió corriendo aterrorizada de la habitación. Una vez que la puerta se cerró, Azul se transformó en su forma normal y comenzó a llorar incontrolablemente. El hielo que cubría las paredes en la habitación de Azul era de una eternidad de lágrimas.

***

Jade llegó a la última etapa antes de regresar a la tierra. Él era ahora un demonio. Jade miró a los otros demonios que llegaron a esta etapa. De un grupo de unas 500 almas, solo 30 se volvieron demoníacas.

Estaba claro que convertirse en un demonio realmente significaba sumergirse en un completo estado de negación. La mayoría de las almas eran como Azul. No podían convertir su miseria en odio porque ahora tenían plena conciencia de a quién culpar por su sufrimiento. No era ni Dios ni los humanos, sino ellos mismos.

Enfureció a Satanás que no podía inundar la tierra con demonios. Incluso mientras reinaba en el infierno, se vio obligado a cumplir con las reglas de Dios. Todavía tenía límites y todas las ilusiones que podía conjurar no podían ocultar esa única verdad solitaria. Satanás tuvo que ser implacable y necesitaba trabajar duro para construir su ejército. Satanás creó sistemas de apoyo para sus nuevas creaciones demoníacas. Los animó a vincularse con demonios muy bien conectados que vivían en la tierra durante siglos.

"Jade, cuando regreses a la tierra, ve a Samuel Linden, te está esperando." Satanás le dijo.

Jade y los otros demonios recién entrenados estaban en la sala de voces. Este era el lugar donde las personas en la tierra que usaban tableros Ouija y otros métodos de magia negra para comunicaban con los demonios. Podías escuchar voces que decían: "Entra en nuestro mundo Señor Oscuro." Muchos cantaban. Los demonios movieron sus manos en el aire deletreando letras para comunicarse con ellos. Jade respondió la llamada de un humano llamado Max.

A los demonios se les enseñó que antes de poder ingresar al mundo necesitaban el permiso de un ser humano. Los demonios también necesitaban un sacrificio de sangre de la tierra para abrir un portal. Max le había dado a Jade el permiso que necesitaba, pero le costaba atrapar algo para matar.

"Max, ¿tienes un animal domesticado?" Jade escribió en el aire.

El cursor en el tablero Ouija se movía rápido. Max escribía lo más rápido que podía tratando de descifrar el mensaje.

"Sí" respondió Max.

Jade escribió, "Mata al animal. Date prisa, no hay mucho tiempo."

Max saltó y se deslizó en la habitación de su hermana. Su gato, Mitzi, estaba sentado allí. Max tenía algo de comida para gatos que la atrajo hacia él. Entró en su habitación y ató los pies y brazos del gato y comenzó a cantar.

"Invoco toda la oscuridad para envolver este lugar y permitir que el señor oscuro entre en el reino de la tierra, el dominio del demonio."

Jade escuchó su canto y se preguntó por qué tardaba tanto. Por qué tenía que ser tan dramático. Rápidamente escribió: "¡Date prisa!"

Max vio que el cursor se movía y colocó al gato sobre el tablero. Levantó su cuchillo, vaciló, y luego lo bajó dentro el peludo abdomen del animal. Max vio un portal abierto en el piso. El viento soplaba violentamente en su habitación mientras carteles de raperos y estrellas de rock volaban de las paredes.

Un vórtice se abrió en frente de Jade. Era rojo y negro. Sin vacilación, Jade saltó y fue barrida inmediatamente. El portal giraba y giraba, se movía tan rápido como la luz. A su llegada, Jade se disparó, golpeó el techo en la habitación de Max y aterrizó en el suelo. Max, se presionó contra la puerta con miedo. Jade estaba acostada en posición fetal desnuda. Él estaba en forma humana de nuevo. Max se acercó cautelosamente a Jade y lentamente se arrodilló a su lado.

"Agua ... dame agua", dijo la voz seca de Jade.

Max corrió abajo las escaleras y sacó agua de la cocina. Cuando regresó, Jade estaba tendida de espaldas. Max gentilmente se llevó el agua a los labios mientras bebió. El agua fría en la garganta de Jade se sintió tan bien. Abrió los ojos y Max estaba sobre él.

Max sonrió, "¡funcionó! Funcionó, estás aquí señor oscuro." Aunque Jade estaba muy débil, los pocos sorbos de agua le dieron suficiente energía para mantenerse en pie. Jade encontró un espejo y se miró a sí mismo. Tocó su rostro y su cuerpo.

Él era hermoso de nuevo. Él no estaba sangrando; no sintió dolor. Él sonrió. "Estoy aquí en la tierra. ¡Estoy aquí! " bramó.

Abrazó a Max y la felicidad que sintió le dio energía suficiente para levantar a Max y girarlo. Él pudo reír nuevamente por primera vez en mucho tiempo. Jade cerró los ojos y susurró: "He vuelto."

"Y sabemos que a los que aman a Dios, todas las cosas les ayudan a bien, esto es, a los que conforme a su propósito son llamados." Romanos 8:28

Capítulo Seis

Camino de

Josías y Steven descansó en los pastos verdes del cielo. Steven se volvió y miró a Josiah.

"Acepté mi misión..." dijo Steven.

Josiah sonrió y asintió.

"Sabía que lo harías, mi hermano," respondió Josiah. "No hay mayor honor que aceptar la misión que el Altísimo te ha otorgado."

"Lo sé y estoy agradecido. Pero, tengo miedo", dijo Steven

con sinceridad.

Josiah suspiró y cerró los ojos. Steven sabía que Josiah entendía su preocupación, pero tampoco podía ofrecer más palabras de aliento.

"¿Cuál fue tu misión?" preguntó Steven.

Josiah abrió lentamente los ojos y se detuvo por un largo tiempo antes de hablar.

"El año era 1886 y mi misión era proteger a James, un aparcero, en Georgia. Los años de opresión y discriminación racial que le mostraron como joven negro hicieron crecer su ira. Tenía un hijo en camino y necesitaba asegurarse de que su hijo estuviera protegido. Unos meses antes de que me enviaran, James fue cortejado por un amigo de la infancia para unirse a una orden fraternal secreta que protegía a sus miembros independientemente de su raza y garantiza la seguridad financiera debido a la red de personas involucradas. Mi misión era alejar a James de este grupo en cual muchos de sus miembros no sabían de dónde comenzó y por qué. Fascinado por lo que la membresía podría atraer a muchos a unirse sin hacer preguntas. La orden trajo comida a su esposa, Delia, y usó sus recursos para mantener a su familia. Cuando una noche llegaron a su casa hombres encapuchados vestidos de blanco, cinco de los miembros de la orden, hombres blancos, defendieron su casa y les prohibieron volver a la casa. Mostraron a James unidad, hermandad y el poder de la orden fraternal.

Cuando me convertí en parte de su vida, le mostré que no necesitaba esas cosas de ellos. Querrían algo demasiado importante en cambio. Además, le mostré que tenía todo lo que necesitaba desde el principio. Le dije que en su sangre había grandeza. Él tenía la sangre de reyes. La gente lo admiraba y las palabras que se hablarían de él, y la vida que él eligió inspirarán a otros y prepararía el camino para un gran cambio. Le dije que pasara tiempo con sus hijos. Cultive en ellos el valor del trabajo duro.

Lo alenté a ver su vocación y continuar llevando una vida centrada en la familia. Le dije que continuará enfocándose en una vida donde menos es más. James y yo nos metimos en muchos argumentos encendidos. Nos peleamos. Finalmente, decidió no unirse al grupo, aunque lo cortejaban durante muchos años. Fui enviado al cielo cuando su deseo de su aceptación ya no estaba allí.

Él fue golpeado por otra cosa: la palabra de Dios.

James pasó a tener nueve hijos, el mayor de los cuales era Michael. Michael se casó con una mujer llamada Alberta. Michael pasó a ser un pastor, cambió su nombre a Martin y su esposa dio a luz un hijo que lleva el nombre de su padre, que lleva el nombre del nuevo hombre en el que se había convertido. Su hijo dirigió un gran movimiento que cambió la historia y cambió la forma en que la humanidad se veía. Josiah se sentó y reflexionó sobre todo lo que dijo y sonrió.

Steven estaba maravillado del plan de Dios. A Josías no se le dio una idea completa cuando aceptó la misión; él solo hizo lo que Dios dijo. Una interacción fatídica entre uno de los misioneros de Dios y su hijo cambió el curso de la historia. Pronto Steven sería uno de esos misioneros y ya no tenía miedo.

La voz de Dios susurró: "Hijo mío, es hora..." Los párpados de Steven se volvieron pesados y cerrados.

***

Cuando despertó, vio un cielo azul claro. De repente, un animal grande se detuvo sobre él y masticó la hierba.

"MOOOO", dijo la vaca cuando la hierba cayó de sus labios. Steven saltó y se encontró en un gran campo al lado de un autopista. Los coches pasaban a toda velocidad mientras Steven miraba alrededor, tratando de orientarse. El entorno no era familiar. Steven sacudió el polvo de su túnica blanca y comenzó a caminar por el autopista transitada.

No tenía idea de la fecha ni de nada más. Él había muerto en la década de 1930, y nada parecía lo mismo. Había todo tipo de autos, con todo tipo de explosiones de música extraña. Después de caminar unos pocos kilómetros, ingresó a un motel para hacerle algunas preguntas al caballero de la recepción.

"Hola, lo siento molestarlo, ¿podría decirme dónde estoy?" preguntó Steven.

El hombre lo miró extrañado. Nunca antes había visto a un hombre, en público, caminando con una larga túnica blanca con sandalias.

"Estás en el condado de Spotsylvania... Virginia... Estados

Unidos."

Steven estaba a punto de irse, cuando recordó lo que realmente quería preguntar.

"¡Oh! ¿Cuál es el año?"

El hombre parecía ligeramente agitado.

"Es uh-2016..."

Steven sonrió y le dio las gracias. El hombre miró a Steven de cerca cuando se fue.

"Estos malditos niños debe dejar de oler esa pintura." Murmuró el viejo, sacudió la cabeza y siguió viendo la televisión.

Afuera, el cielo había empezado a llenarse de nubes. Miró hacia abajo y tres billetes de $100 estaban allí. Steven miró para ver si alguien los había dejado caer, pero no había nadie en la vista. Las nubes se abrieron y la luz del sol le tocó la cara. Levantó el dinero y susurró: "Gracias, Jesús". Volvió al motel y pidió una habitación.

***

Steven se arrodilló junto a la cama, sus manos abrazados en oración. "Jesús, el mundo es tan diferente de cómo lo recordaba," dijo Steven. "¿Cómo lo haré?"

Él oró por horas, como si Jesús estuviera allí mismo y se le dio una dirección con respecto a su siguiente paso.

Steven caminó de regreso a la recepción para hacer otra pregunta. Molestado, el viejo el hombre dejó de leer su periódico.

"Hola, otra vez..."

El anciano no tuvo respuesta.

"Estoy tratando de encontrar un amigo, pero no estoy seguro de por dónde empezar."

El anciano señaló una computadora polvorienta en el lobby. "Tenemos Wi-Fi gratis... usa eso." El anciano continuó leyendo su periódico mientras Steven seguía parado allí.

"Lo siento, ¿WiFi...?"

"Sí... Internet."

Steven estaba fuera de contacto y se dio cuenta que averiguar incluso las cosas más básicas será un desafío. Como no quería ser más una molestia, Steven comenzó a alejarse y rezó para que encontrara a alguien más.

El viejo se sintió mal. Tal vez el niño desarrolló daño

cerebral al oler toda esa pintura. Él decidió ser un poco mejor.

"Oye, amigo... ¿a quién estás tratando de encontrar? A propósito, Soy Robert."

***

Una búsqueda rápida en Google arrojó varios resultados para Sarah Michel. Tenía algunas publicaciones en el blog, algunos artículos largos escritos sobre ella y una fuerte presencia en las redes sociales.

"¿Es esta la chica que estás tratando de encontrar?", Preguntó Robert.

"¡Sí, sí, lo es!" Steven reconoció su rostro de su conversación con Dios.

"Ella es bonita... ¿Y tú dijiste que era *tu* amiga?" Robert quería investigar un poco por su cuenta, ya que parecía muy extraño que Steven no supiera nada sobre su "amiga."

"Bueno, nunca nos hemos visto. Pero, quiero llegar a conocerla. Honestamente, Dios me está guiando hacia ella."

Robert sonrió. Él también era un poco romántico, y el joven parecía inofensivo después de todo. Para él, Steven sonaba como un hombre enamorado, como lo fue hace unos cuarenta años cuando vio a su esposa por primera vez.

"Bueno, tienes que llamarla. No envíe mensajes de texto o correo electrónico... llama. Chatee con ella y vea a dónde van las cosas desde allí. Ella tiene un número de contacto aquí."

Steven anotó su número y dirección de trabajo. Robert habría pagado el mejor precio por ser una mosca en la pared cuando Steven y Sarah se conocen. Sabía que Steven no tenía ninguna posibilidad de tener una relación romántica con una mujer como ella, pero de todos modos le ofreció palabras de aliento.

"Pon tu mejor pie adelante, hijo. Si un hombre aterrizó en la luna, todo es posible. "

Steven, agradeció a Robert, volvió a su habitación y llamó a Sarah.

"Ni deis lugar al diablo." Efesios 4:27

Capítulo Siete

Una ventaja

Fue alrededor de las 11:30 p.m. cuando sonó el teléfono de la casa de Sarah. Suele ser el número que la gente llama como último recurso.

"¿Hola?" ella respondió.

La llamada se estaba cortando y Sarah no tuvo paciencia para esperar. Frustrada, colgó el teléfono. Pensando que podría haber sido su madre, desenchufó la línea.

Se volvió a mirar el tipo que estaba desnudo en su cama. Ella lo había traído de vuelta después de la hora feliz y estaba perpleja de que todavía estaba allí. Estaba disgustada con él, roncaba, y ella lo oyó pedo unas cuantas veces mientras dormía. Ella lo golpeó en la parte posterior de la cabeza para despertarlo, luego se reposicionó rápidamente.

"Ow..." pronunció mientras abría los ojos.

Vio a Sarah, completamente despierta, sentada en la cama mirando la CNN. Él le pasó el brazo por la cintura y apoyó la cabeza en su regazo.

"Oye bebé ... ¿Estás listo para la segunda ronda?"

Sarah puso los ojos en blanco.

"Creo que es hora de que te vayas..."

Se sentó con una mirada de preocupación en su rostro.

"¿Por qué? Podríamos abrazarnos... "

Sarah salió de la cama y comenzó a vestirse.

"No creo que sea una buena idea, tengo un día importante mañana, y solo quiero descansar un poco..." dijo Sarah.

Ella comenzó a recoger su ropa del suelo y arrojándola hacia él mientras instintivamente atrapaba cada lanzamiento. Estaba torpemente callado mientras se vestía y estaba reorganizando la habitación.

"¿Quieres que te llame mañana? Me sentí como si realmente estuviéramos conectados esta noche," dijo el tipo, rompiendo el silencio valientemente.

Sarah rodó los ojos una vez más y lo miró. Ella deseó que él simplemente dejara de hablar.

"Honestamente, ¿cuál es tu nombre otra vez?" dijo Sarah como si realmente estuviera tratando de recordar por sí misma.

"Matthew..." respondió él, esperando ansiosamente su respuesta.

"Sí, sí, Matthew. Eres lindo y dulce, pero solo fue sexo... Eso fue todo. No es gran cosa.

Sarah señaló con las manos hacia el espacio entre los dos.

"Esto no va a ir a ningún lado... lo siento," dijo Sarah indiferente mientras se encogía de hombros.

Matthew se rió, levantó las cejas y bajó la cabeza.

"No se puede simplemente usar personas y luego descartarlas como basura, ¿sabes?" explicó Matthew.

Sarah lo miró a través del reflejo en el espejo.

"Ya sabes dónde está la salida. Puedes ir si mismo."

Respondió mientras continuaba examinando su rostro.

Matthew se dio cuenta de que seguir hablando con ella sería inútil. Salió sin decir palabra y cerró la puerta.

***

La mañana siguiente, caminó hacia el lobby. Su auto la estaba esperando, como debería ser. El conserje, Anthony, le tendió su sombrero, pero no dijo nada. Ella lo miró. Él no sonrió y miró a través de ella mientras abría la puerta. Le divirtió que ella tuviera el poder de cambiar las actitudes positivas de las personas.

Cuando llegó a la oficina, notó a David en la sala de conferencias con algunas personas. David estaba parado con las mangas enrolladas dibujando un gráfico en la pizarra. Todos parecían interesados en lo que estaba diciendo. Ella se apresuró a pasar, luego se volvió para asomar la cabeza por la esquina para ver mejor quién estaba allí.

Había alrededor de seis personas negras con trajes finamente hechos a medida. Su pasante, Jamal, estaba tomando notas. Ella no había visto a estas personas antes, pero podía decir que eran importantes. En ese momento, Sarah sintió un golpe en su hombro. Sobresaltada, ella se dio la vuelta.

"Lo siento, Sra. Michel..." dijo Shiloh.

"¡Me asustaste muchísimo, Sally! ¿Qué paso? "

" Aquí está su café con leche y el Dr. Bailey lo ha llamado cuatro veces. Le pregunté si le gustaría dejar un mensaje, pero él insistió en que lo llamaras."

Sarah se sentó en su escritorio y comenzó a revisar su correo electrónico. Ella envió sensores a todos sus contactos, pero todos dijeron lo mismo. Nadie tenía una pista. Habían pasado un mes y medio desde la reunión y ella no había visto nada que valiera la pena presentar a la junta.

Sarah todavía estaba muy curiosa sobre la reunión de la mañana que conducía David. Desde su oficina, vio a David y al grupo salir de la sala de conferencias. Todos eran sonrientes.

David le dio Jamal la mano cuando el grupo se volvió hacia los elevadores. David los siguió al lobby y Jamal se dirigió hacia su escritorio.

Sarah astutamente esperó unos momentos y luego salió de su

oficina y caminó por el pasillo hacia el área de David. Ella vio a Jamal en su cubículo.

"¡Oye... Jay!" dijo Sarah sonriendo más grande que nunca.

Jamal giró en su asiento y la miró.

"Mi nombre es Jamal," el respondió.

Todavía sonriendo, Sarah respondió: "Oh, por supuesto, lo sé, pero ¿no es eso lo que David te llama?"

Jamal continuó mirándola fijamente.

"Sí, eso es lo que *David* me llama, pero sé como sos con nombres, así que quería asegurarse de que sabía lo mío y *cómo* me debe llamar. Hablando de David, ¿él no estaba en su oficina...?" Jamal preguntó esperando que ella entendiera que no quería estar molestado.

La sonrisa de Sarah se desvaneció un poco.

"Bueno... En realidad, Jamal, vine a verte. Quería ver cómo te gustaba el lugar, y ver si estabas establecido."

Jamal había estado internado en la oficina desde el verano pasado y durante la mayor parte del otoño. Ella nunca le había dicho ni una palabra en los pasillos, en la sala de descanso, en el elevador y ahora le preocupaba cómo le gustaba el lugar. Jamal no fue seleccionado para ser un interno corporativo de una de las mayores corporaciones en la costa este porque era estúpido. Comprendiendo a dónde iba esto, su respuesta fue muy directa.

"David me dio instrucciones estrictas para dirigir las consultas sobre la reunión de esta mañana para él. Por lo tanto, le sugiero que deje un mensaje con su asistente. ¿O prefieres que le diga que pasaste por aquí y que te llame?

La sonrisa de Sarah había desaparecido por completo en este momento. Ella entendió. Jamal no era como Shiloh. Él tenía una columna vertebral.

"No, gracias, Jamal. Fue agradable charlar contigo," dijo Sarah, y luego caminó rápidamente por el pasillo.

Miró hacia atrás y Jamal estaba parado allí, con los brazos cruzados mirándola. Ella comenzó a caminar más rápido. Cuando entró en su oficina llamó a su asistente.

"¡Sally!"

"Sí..." Ella respondió.

"¿Qué tan bien conoces a Jamal?" preguntó Sarah.

"Ah, hemos ido a almorzar un par de veces, él es un tipo realmente agradable... ¿por qué?" respondió Shiloh.

"¿Hablas mucho sobre el trabajo?" preguntó Sarah.

Inseguro de a dónde iba esto, Shiloh respondió: "No... en realidad no."

Bueno, quiero que vayas a almorzar con él y descubras lo que está trabajando David recientemente," dijo Sarah audazmente.

"Sra. Michel, me siento un poco incómodo hacer eso. Quiero decir, Jamal es mi amigo y no quiero ponerlo en una situación extraña... " respondió Shiloh.

Esta era la única vez que había hablado por sí misma desde que fue contratada. Sarah detuvo lo que estaba haciendo y decidió usar esta oportunidad para dar una lección.

"Sally, ¿tienes deseos de ser otra cosa que una asistente? Si es así, así es como funciona el mundo. Si quieres avanzar, debes tener una ventaja. Tienes que saber más que tu competencia,"explicó Sarah.

Sarah buscó en su billetera y le entregó a Shiloh $100.

"Ve a algún lugar agradable. Toma un almuerzo largo. Regrese con algo de información que podría usar. "

Shiloh agarró el dinero con vacilación, le dio las gracias a Sarah y cerró la puerta de su oficina.

Sarah volvió a revisar su correo electrónico. Ella vio uno del Dr. Bailey.

RE: ¡POR FAVOR, LEA! UNA PISTA ...

Querida Sarah:

Tristemente, tuve que recurrir a comunicarme contigo por correo electrónico porque no has contestado ninguna de mis llamadas desde nuestra última sesión. Lo siento.

Sin embargo, sé que eres una mujer de negocios y si no estoy hablando de negocios, mi "conversación" no vale la pena. Por lo tanto, tengo una oportunidad para ti.

Mi fraternidad está teniendo su gala anual en Los Ángeles. Tengo dos boletos y me gustaría que asistieras. Tantas personas bien conectadas y desagradablemente adineradas asisten a este evento... Alguien debe tener lo que necesita. Por favor responde.

Con amor,
Andrew

P.D: Estaba pensando que esto podría ser como un mini excursión para nosotros. Ambos podríamos usar uno...

Sarah descolgó el teléfono y marcó el número.

"¿Hola? Habla Andrew Bailey.

Sarah sonrió mientras giraba el cable del teléfono alrededor de su dedo.

"Hola, Andrew... conoces bien como llegar a mi corazón..."

"Cuídate de los falsos profetas, que vienen a ti con vestimenta de oveja pero por dentro son lobos voraces." Mateo 7:15

Capítulo Ocho

Prey

Cuando Max regresó a casa de la escuela, su la habitación era un caos completo. Había platos amontonados con comida y botellas de agua vacías en todas partes. Jade había estado hibernando en su habitación por una semana, comiendo sin parar, volviendo a aumentar su energía.

"Realmente me gusta esta cosa de Internet..." dijo Jade mientras continuaba surfeando.

"Creo que voy a tener que decirle a Consuela que limpie aquí...", dijo Max mientras miraba hacia el piso sin saber dónde caminar.

Max tenía dieciséis años, era muy inteligente, pero estaba solo y mal aconsejado. Era anormalmente delgado para su altura, tenía acné y frenos. Fue excluido tanto por sus compañeros que desarrolló su identidad a traverso de la antipatía.

Llevaba esmalte de uña negro, se tiñó el pelo negro y tenía polvo en la cara para parecer fantasmal. Se había familiarizado con las artes negras después de conocer a un traficante de drogas en una fiesta que lo había practicado. El conocimiento y la práctica del traficante de drogas de las artes negras era muy superficial. Realmente solo lo hizo para parecer "cool" y atraer a mujeres de locura. Pero después que estaba presentado Max, se sintió intrigado y dedicó la mayor parte de su tiempo a estudiar y aprender sus conceptos. Compró todos los libros, memorizó cantos y conoció la Biblia satánica del principio al fin.

Los padres de Max estaban "presentes" pero realmente no estaban allí. Su madre era parte de todos los clubes sociales y asistía a todas las funciones. Su padre siempre estaba ocupado en el trabajo. Max pasaría semanas sin ver a su padre, y cuando lo hizo, sus conversaciones fueron breves y directas.

Su hermana menor, Jessica, era callada y reservada para sí misma. Trató de pasar tiempo con su hermano, pero él fácilmente se volvió malo y la abusivo verbalmente. Max podría haber tenido un cadáver en su habitación y sus padres nunca lo hubieran sabido. Había un letrero en su puerta que decía, "NO ENTRAR" y sus padres eran geniales para seguir instrucciones.

"¿Vas a enseñarme algunos trucos?" preguntó Max.

"Quiero a una mujer," respondió Jade mientras miraba imágenes desnudas de mujeres en internet. Max puso los ojos en blanco.

"¡Amigo, en serio! ¡Como si toda la razón por la que te traje aquí fuera para aprender más de esta mierda! Max respondió incapaz de ocultar su frustración.

Jade se teletransportó y se paró justo detrás de él.

"¿Es esto lo que quieres aprender?"

Los ojos de Max se abrieron de par en par.

"¡SÍ! ¡SÍ! ¡Quiero saber esas cosas! "

Jade le aseguró que aprendería a su debido tiempo.

"Yo soy el maestro y tú eres el estudiante. Te mostraré todo lo que necesitas saber, solo tienes que confiar en mí," dijo Jade.

Max estaba hipnotizado por él. Jade se le acercó con un interés renovado. Él olfateó el cuerpo de Max.

"¿Alguna vez has experimentado a una mujer?" preguntó Jade.

"¡Por supuesto...!" respondió Max ligeramente avergonzado.

Jade sonrió. Él sabía que estaba mintiendo.

"Nunca antes has besado a una mujer, ¿verdad?"

Max bajó la cabeza, tratando de ocultar sus mejillas enrojecidas.

"Está bien, chico. Llévame a donde hay mujeres," dijo Jade tranquilizadoramente.

***

Max y Jade estaban parados afuera de las puertas del club. Jade se había sentido atraída por las luces parpadeantes del edificio y la música, y había ordenado a Max que detuviera el automóvil de su madre.

"Amigo... no vamos a poder entrar, este es uno de los clubes más populares de Los Ángeles," dijo Max.

"No. Aquí es donde vamos." Jade miró a las chicas que entraron con sus ojos lleno de hambre y ganas. Caminaron al frente de la fila y fueron inmediatamente detenidos por el gorila.

"Mira..." Max murmuró convencido que no hay ninguna manera que les permitiría la entrada.

Jade leyó la mente del gorila, y luego le pidió que se inclinara más cerca. Jade susurró algo al oído y los dejó pasar a ambos sin pensarlo dos veces.

"¿Qué le dijiste?" Preguntó Max.

Jade sonrió, "No te preocupes."

El interior del club estaba aún más iluminado que el exterior. Las luces parpadeaban en todas direcciones. La música golpeaba sus pechos. Jade podía sentir la lujuria en el aire mientras miraba a las mujeres que giraban en la pista de baile. Le gusta este lugar.

Max observó a Jade de cerca mientras caminaban entre la multitud. Una mujer salió de la multitud y agarró la mano de Jade.

Se detuvo y se miraron por unos tres minutos. Se inclinó y la besó. Max estaba sorprendido. Jade no había hecho nada. Mientras se besaban, otra mujer vino por detrás, seductoramente giró la cara de Jade hacia ella y lo saludó con un beso igualmente intenso. Jade susurró al oído de la primera mujer. Ella asintió y puso sus manos alrededor del cuello de Max. Ella empujó su lengua por su garganta. Max retrocedió, en shock. Él respiró y regresó por unos segundos. Jade se rió y puso su brazo alrededor del hombro de Max.

"Solo vive en el momento. Deje que pase lo que pase ... vaya con la corriente," aconsejó Jade.

Max se lamió los labios cuando Jade hizo un gesto con la mano al cantinero. El grupo festejó el resto de la noche.

***

"¡Esta ha sido la mejor noche de mi vida!", Max gritó mientras Jade conducía el automóvil de su madre durante toda la noche. "¡Siento que finalmente estoy vivo, hombre! La única persona con quien salí así fue un traficante de drogas que solo me usó para mi dinero. ¡Lo sabía y no me importó! Pero usted en realidad vas a mostrarme cosas, y estas aquí para mí... eres mi mejor amigo…"

Jade miró en el espejo retrovisor a Max mientras se desmayaba de las bebidas. Jade sabía que Max realmente no quería poder, quería amistad. Max confiaba en Jade. Consideraba a Jade un amigo, su mejor amigo. Ahí es donde Jade lo quería.

***

A la mañana siguiente, Max todavía estaba inconsciente en el piso de su dormitorio. Jade salió de la ducha y se envolvió con una toalla alrededor de la cintura, cuando notó que la puerta estaba entreabierta. Jade se quedó quieta y miró la puerta. Una jovencita entró, de puntillas, como si estuviera buscando algo.

"Aquí gatito, gatito..." dijo Jessica.

Jade continuó mirándola. Ella no lo había notado. Tenía el pelo largo y castaño, gafas y piel color oliva. Ella era hermosa.

"Hola ..." dijo Jade.

Jessica apareció sorprendida. Sus ojos se abrieron de miedo.

"¿Quién eres?", Preguntó ella.

63

Jade sonrió.

"Mi nombre es Jade. Soy amigo de tu hermano. Él me ha contado mucho sobre ti ".

Jessica miró al piso y vio a su hermano tirado allí sin moverse.

"¿Qué hicistes a mi hermano?" Sus ojos comenzaron a llorar.

"Nada. Él tiene resaca" respondió Jade.

Jessica comenzó a correr hacia la puerta, pero Jade la cerró. Ella sacudió la perilla de la puerta, pero no se abrió. Estaba a punto de gritar cuando Jade intervino.

"No grites, Jessica, no voy a lastimarte. Piénselo: si fuera a lastimarte, lo habría hecho hace mucho tiempo. Sólo quiero hablar contigo. Ven aquí.

Ella lo miró. Todavía tenía gotitas de agua goteando por su pecho cincelado y sus abdominales. Ella obviamente tenía miedo pero era más curiosa. Ella se acercó más y más hasta que estuvo justo frente a él. Ella lo miró a los ojos. Eran verdes, pero sus pupilas eran las más grandes que jamás había visto. Eran negros, pero eran tan hermosos. Se miraron el uno al otro en silencio. Jade tomó sus manos suavemente y entrelazó sus dedos.

"¿Cuántos años tienes, Jessica?" Susurró.

"Tengo trece años..." Ella respondió inocentemente.

Jade se quitó el pelo rizado de la cara. Él acarició la parte posterior de sus brazos y ella comenzó a sentirse cómoda con él. El miedo se desvaneció.

"Eres una mujer ahora ... ¿No es así?" Jade sabía que había tenido su primer período hace unas dos semanas.

Jessica se sonrojó de vergüenza y trató de alejarse. Jade le apretó la parte posterior de su brazo, acercándola más.

"No seas tímido conmigo, Jessica. Sé lo que sientes. Él le quitó las gafas y las dejó sobre la cama.

"Eres hermosa y eres valiente". Puedo decirlo por tu reacción hacia mí. Ahora eres una mujer y debes comenzar a utilizar tu mente y tu cuerpo para obtener lo que deseas. Incluso los hombres más fuertes se inclinarán hacia ti, Jessica" Jade dijo seductoramente.

Ella asintió. Él colocó una mano sobre su cabeza, y colocó la otra en su muslo interno y luego movió su mano más arriba de su falda. Los ojos de Jessica se cerraron y su cuerpo se derritió en sus brazos. Ella se estremeció al sentirla.

"¿Puedo besarte Jessica...?" preguntó Jade anticipando su respuesta.

Incapaz de hablar, ella asintió. Presionó sus labios contra los de ella y lentamente colocó su lengua sobre la suya. Ella envolvió sus brazos alrededor de su cuello y comenzó a besarlo apasionadamente. Max comenzó a moverse en el piso.

"¿Dónde estoy?" dijo desorientado.

Jade la detuvo y la apartó suavemente y rápidamente se sentó en la cama. Jade puso un dedo sobre sus labios y sonrió a Jessica. Era secreto de ellos, y un momento que Jessica nunca olvidaría. Max luchó por pararse cuando vio a Jade sentada en la cama y Jessica presionada contra la pared respirando pesadamente. Sus ojos estaban completamente enfocados en Jade.

"¡Jessica, VETE DE AQUÍ!" gritó Max.

Jessica ignoró a su hermano, hasta que Jade sonrió y le hizo un gesto para que se fuera. Antes de irse, Jade susurró: "Recuerda lo que te dije". Jessica se sonrojó y se apresuró por el pasillo.

"¿Te sientes mejor?" preguntó Jade.

"Sí, un poco..." dijo Max mientras se frotaba las sienes.

"Bien." Jade se levantó y arrastró a Max a sus pies. "Tienes que llevarme a Hollywood."

Max se sorprendió de que esto fuera lo que tenía que hacer después de simplemente despertarse, pero estaba dispuesto a hacer cualquier cosa que Jade le pidiera en ese momento. Jade era el maestro y Max estaba listo y dispuesto a aprender.

Mientras salían del camino de entrada, Jade levantó la vista, y allí estaba Jessica de pie en el balcón. Ella le lanzó un beso. Ella se enamoro. Sabía en su corazón que sería la última vez que lo vería, pero soñaría con él en los próximos años.

***

Max detuvo el automóvil frente a una gran propiedad cerrada.

"Esto es..." dijo Jade.

Max se detuvo en un callejón cercano por orden de Jade.

Jade metió la mano en su bolsa.

"Te tengo algo..." dijo.

Jade sabía que Max era impresionable. Se movería donde el viento lo soplara. Más que nada, quería un amigo, alguien a quien confiar. Si no hubiera encontrado las artes negras primero, podría haber sido muy bien el cristianismo o cualquier cosa que le mostrara alguna forma de aceptación. Esto lo hizo peligroso. Podía ser engatusado fácilmente en cualquier cosa, y en este punto, sabía demasiado. Jade retiró un objeto pequeño, envuelto en un paño negro. Max desenvolvió el paquete, manejando su regalo con cuidado; dentro del paquete había una pistola. Max miró a Jade, y sus ojos comenzaron a aguar.

"Max, dijiste que querías ser como yo y saber lo que yo sé... bueno, este es el primer paso."

La mano de Max se sacudió violentamente mientras colocaba el arma en su cabeza.

"Me volveré poderoso, ¿verdad?" preguntó Max necesitado de consuelo.

Jade sabía que una vez que Max se fue al infierno, no tenía el odio necesario para volverse demoníaco. Él nunca pasaría la prueba. Él tenía demasiada tristeza. Si Max se fuera al infierno, sería solo otro alma atormentada por la eternidad. A Jade no podría importar menos. Max sería la primera de muchas razones por las cuales Jade debía permanecer en la tierra el mayor tiempo posible. Jade lo miró y dijo: "Confía en mí..."

Un disparo rompió la ventana del lado del conductor. La cabeza de Max cayó sobre el volante. Sin pensarlo, Jade agarró su bolsa y salió corriendo del callejón. Continuó la calle arriba hacia la casa. El letrero sobre la puerta decía "LINDEN." Jade presionó el timbre.

"¿Quién es?", Preguntó una voz.

"Es Jade, aquí para ver a Samuel Linden."

La puerta se abrió cuando una voz dijo: "Te hemos estado esperando.

"Por cuanto no se ejecuta luego sentencia sobre la mala obra, el corazón de los hijos de los hombres está en ellos dispuesto para hacer el mal.". Eclesiastés 8:11

Capítulo Nueve

Sigue al líder

La casa de Samuel Linden era terriblemente opulenta. Tenía costosos pisos de mármol blanco y marrón, una escalera de caracol, enormes alfombras persas, hermosos jarrones y pinturas notables cuidadosamente colgadas en toda su mansión. La casa era apta para un rey.

Una criada acompañó a Jade a la sala de estar, donde se sentó y esperó. Había una vista perfecta hacia el exterior donde la piscina parecía mezclarse con el horizonte. Había alrededor de diez personas riendo afuera y tomando el sol.

"Bienvenido a mi casa, Jade," dijo Samuel mientras entraba

a la sala de estar con los brazos abiertos.

Jade se levantó y sonrió.

"Sr. Linden, ¿cómo estás?"

"Por favor llámame Sam. ¡Nuestro *amigo* dijo que serías guapo, pero no esperaba la perfección!" bromeó Sam. "Sígueme, ¡tenemos mucho de qué hablar!"

Sam era un hombre pequeño de estatura, no más alto que cinco pies y medio. El estaba en gran forma con una constitución muscular magra. Mientras se dirigían arriba, Jade hizo una nota de las paredes llenas de fotos de Sam con las estrellas del cine, cantantes y políticos

"Estos se ven como personas muy importantes," dijo Jade.

"Y todos están jugando para el equipo ganador," respondió Sam, sonriendo maliciosamente.

La oficina de Sam estaba adornada con numerosos premios, placas y medallas. Sam se sentó en un silla gigantesco de cuero, claramente demasiado grande para su pequeño cuerpo, mientras Jade continuaba mirando las paredes.

"¿Humanitario del año?" Jade preguntó mientras miraba a Sam bromeando.

"Lo sé, ¿verdad?" Es todo acerca de a quién conoces, ¿Verdad? "

Jade finalmente se sentó, aún escaneando la habitación.

"Lo has hecho muy bien por ti mismo." Jade felicito. Sam se sirvió un vaso de coñac.

"Sí... bueno, Satanás no te mantiene en la tierra durante siglos a menos que estés haciendo algo bien."

Jade quería ser como él. La tierra era celestial en comparación con el infierno. Jade se encogió ante la idea de tener que regresar. Quería disfrutar el dinero y las mujeres una vez más. Si se necesitaba mentir, hacer trampa y matar para mantener este estilo de vida, él lo haría, y estaba seguro de que muchos humanos lo harían también si eso significaba que podían vivir así.

Sam se levantó bruscamente, volviéndose para mirar por la ventana.

"Recibo más almas en un día, que la mayoría de los demonios podrían obtener en 10 años," dijo con confianza. Jade estaba aún más atenta que antes.

"Ya ves... Yo no hago todo el trabajo solo. Nunca lo he hecho solo. Y los demonios tampoco son los que trabajan para mí; ellos, por supuesto, están trabajando para sí mismos. Tengo humanos trabajando para mí," explicó Sam.

Sam comenzó a pasearse por la habitación como si estuviera dando una presentación.

"¿Te estás refiriendo a los humanos que practican las artes negras?" dijo Jade como si ya estuviera al tanto de esta información.

Sam sonrió y negó con la cabeza.

"No, las mejores personas que tengo trabajando para mí ni siquiera saben lo que están haciendo. Ellos son inconscientes de la imagen más grande. Sam levantó su dedo meñique. Había un anillo de oro, brillando justo debajo del nudillo. "¿Sabes lo que es esto?"

Jade lo escudriñó, las letras GMA estaban grabadas de lado.

"Este era el anillo que le daría a las personas que se convirtieron parte de mi grupo cuando comenzó en 1800. Ahora, el grupo ha crecido a más de dos millones de personas por todo el mundo. Uno debe trabajar para este anillo. Solo las personas más ricas, influyentes y exitosas forman parte de este grupo. Y sabes qué, Jade? Todos quieren entrar. La gente hará cualquier cosa, y me refiero a cualquier cosa para la membresía. Todo el grupo se basa en el secreto y la exclusividad. Hay muchos grupos similares al mío. Pero es todo lo mismo. Diablos, entrené a los líderes que fundaron muchas de esas organizaciones. Las personas que ya son miembros han hecho cosas: pequeñas e insignificantes al principio, pero progresivamente más atroces. Todo contribuyó a la agenda de Satanás. En el fondo lo saben, y sin embargo… estaban dispuestos, simplemente porque al final subieron la escalera. Hemos convertido a pequeños empresarios en gigantes corporativos; hemos convertido a los hombres promedio en presidentes. Hay un quid pro quo para formar parte de esta organización, debes dar, y lo único valioso es tu alma. Eventualmente, estas son las personas que se convierten en los líderes y los que toman las decisiones. Ellos avanzan nuestra agenda. Entonces la gente lo sigue. ¿Por qué convertirse en su líder? La gente siempre necesita a alguien a quien seguir."

Jade quedó impresionada con la visión de Sam, y la simple fórmula que aplicó para adquirir el alma humana funcionó de maravillas. Jade comenzó a confiar en Sam.

"He estado aquí por una semana, y tengo solo una alma. Tengo que hacerlo mejor..." dijo Jade un poco decepcionada.

Sam le ofreció a Jade un cigarro y encendió uno él mismo.

"Harás mejor. Estamos viviendo en tiempos donde el escenario está listo para nosotros. Algunas veces nuestro mejor movimiento es esperar. Vengo de una época en la que cualquier conversación sobre Satanás era intolerable; era mucho más difícil alejarlos porque mucha gente temía a Dios. Ahora hay muchas cosas en las que los humanos nos topamos y toleramos. Se ha vuelto mucho más fácil plantar la semilla. Tú y yo sabemos que uno no necesita adorar a Satanás para ir al infierno. Los humanos realmente son criaturas curiosas. ¿Cómo puede tanta gente creer en el cielo y no creer que hay un infierno? A los seres humanos les encanta escoger y elegir las partes de la ley de Dios más fáciles de seguir. Incluso llegan a convencerse a sí mismos y a otros de que realmente están siguiendo a Cristo, plenamente conscientes de que no están haciendo todo lo que se les exige. Esa es la negación sobre la que realmente puedes construir," dijo Sam.

Sam continuó explicando que tenía más de diez habitaciones en su casa y Jade podía quedarse con él hasta que encontrara su propio nicho con la adquisición de almas.

Sam le dio a Jade el anillo que los dos estaban discutiendo.

"Aquí, ahora eres un ranking gratuito de Gratis Mesón; comprueba por ti mismo dónde te lleva la membresía. "

"Y no es maravilla, porque el mismo Satanás se disfraza como ángel de luz." 2 Corintios 11:14

Capítulo Diez
La Gala

Sarah se sintió en la cima del mundo. Ella sonreía mientras se ponía su maquillaje y su lápiz labial. Shiloh no pudo obtener la información que quería, pero sorprendentemente, Sarah no estaba molestada por su falta de esfuerzo. A decir verdad, estaba feliz de que volvería a ver al Dr. Andrew Bailey. La idea de que él pensara en ella para este importante evento y pensara en su carrera significaba más para Sarah que cualquier gesto romántico. Le envió a Sarah su boleto de avión y su boleto de gala. Adjuntado había una nota:

Querida Sarah,

Estoy muy feliz de que hayas aceptado asistir a este evento. Te estaré esperando en LAX. Me ocuparé de todo; no te preocupes por nada

Con amor,
Andrew

Sarah leyó la carta una vez más antes de guardarla en su equipaje de mano.

Cuando Sarah llegó al aeropuerto, Andrew estaba esperando allí vestido casualmente y con gafas de sol. Ella sonrió mientras caminaba hacia él. Ella lo saludó con un cálido beso en la mejilla y luego le susurró algo al oído.

"Sabes exactamente cómo volver a mi lado bueno," dijo bromeando.

Andrew sonrió con satisfacción mientras la seguía al automóvil. No podían mantener sus manos lejos el uno del otro. Cuando llegaron al hotel, mantuvieron la compostura hasta que llegaron a la sala donde volvieron a besar apasionadamente.

"Espera, quiero mostrarte algo," dijo Andrew.

Sarah sonrió, "¿Qué pasa?"

"Tienes que cerrar los ojos," dijo mientras colocaba sus manos sobre sus ojos para asegurarse de que estuvieran cerrados.

Él la guió hacia el armario y abrió las puertas. Suavemente le quitó las manos, Sarah abrió los ojos y su boca cayó. Era un largo vestido de satén negro que se ajustaba a la perfección y era perfecto para su figura.

"Quiero que lleves este vestido a la Gala esta noche. Serás sensacional," dijo Andrew.

Sin palabras, Sarah comenzó a besarlo. Ella lo acostó en la cama e hicieron el amor.

Sarah se acercó para poner sus manos en el pecho de Andrew, pero solo podía sentir el calor de las sábanas. Su ausencia la despertó. Sarah se sentó y vio a Andrew ponerse su ropa.

"Oye... ¿A dónde vas?" dijo Sarah mientras alcanzaba su mano. Andrew la miró y sonrió.

"La Gala comienza pronto; Tengo que prepararme." respondió mientras seguía vistiéndose.

Sarah miró a su alrededor y notó que ninguna de sus cosas estaba en la habitación.

"Entonces... ¿No te estás preparando aquí?", preguntó Sarah.

"Esta es tu habitación bebé; Yo tengo el mío. "Respondió Andrew.

Confundida, Sarah se levantó y se acercó a él.

"Pensé que este sería nuestro momento..." dijo Sarah con

coquetería.

Andrew ahuecó su cara en sus manos.

"Será ... después de la Gala."

Él la besó en la frente y se dirigió hacia la puerta.

"Habrá un auto esperándote en una hora; te veré allí. No llegues tarde," dijo.

Andrew cerró la puerta detrás de él. Sarah se dejó caer en la cama y habló a sí misma.

"Supongo que esto es mejor que nada, ¿verdad?"

***

Sarah llegó al hotel justo a tiempo. Se veía hermosa con el vestido que Andrew le había dado. La única persona que ella conocía era Andrew, y quería esperar a que él la escoltara adentro.

En ese momento, una limusina se detuvo y el conductor abrió la puerta. Andrew salió y miró a su alrededor. Él se veía increíble. Sarah pensó que debía haber estado buscándola. Estaba a punto de caminar hacia él, cuando se volvió hacia el automóvil y se acercó para ayudar a una mujer a salir de la limusina. Fue su esposa.

Sarah rápidamente se dio vuelta; su corazón se sentía como si fuera a saltar de su pecho. Si pudiera esconderse debajo de una roca, lo haría. Ella comenzó a dirigirse hacia la entrada, cuando escuchó la voz de Andrew.

"¿Sarah? Espera un segundo ... "

Dentro, Sarah estaba furiosa y no podía creer que él tuviera la audacia de reconocerla con su esposa presente. Andrew se acercó con su esposa firmemente colocada en su brazo.

"Buenas noches, Sarah. Te ves impresionante. ¿Recuerdas a mi esposa Rachael?"

Sarah y Rachael se conocieron brevemente hace unos seis años durante una fiesta de Navidad que Andrew celebró en su casa.

"Oh... Sí, recuerdo a tu esposa..." dijo Sarah mientras extendía su mano para saludarla.

Rachael sonrió y la abrazó.

"¿Cómo has sido Sarah?" Preguntó Rachael mientras se frotaba la espalda. "Espero que las cosas hayan mejorado para ti."

Cuando Rachael se alejó, hubo un incómodo silencio, y los

tres se quedaron allí incómodos por unos momentos.

"Bueno cariño, voy a saludar a la Sra. Fienberg... fue tan agradable verte de nuevo Sarah," dijo Rachael, haciendo todo lo posible para esconder educadamente su incomodidad.

Sarah miró a Rachael mientras se alejaba. Rachael la puso enferma. Ella era el tipo de mujer que era suficientemente brillante para tener éxito por sí misma, pero estaba contenta de ser una esposa trofeo y quedarse en casa para criar a sus hijos.

"¿Cuándo me ibas a decir que tu esposa estará aquí?" susurró Sarah.

"¡No sabía que ella venía! Ella me dijo que probablemente no vendría este año porque iba a ver a su hermana. Ella me llamó un día antes y me dijo que había cambiado de opinión y que vendría. Ella se irá mañana, tenemos tiempo... "dijo Andrew.

"Andrew, esto es estrictamente un viaje de negocios ahora. ¡Pase tiempo con su esposa! " dijo Sarah.

Un hombre se les acercó. Era bajo y de aspecto excéntrico.

"Andrew, me alegra que pudieras venir."

¿Cómo podría perderme un evento de Samuel Linden?" respondió Andrew. Los dos se abrazaron brevemente y rieron.

"¿Quién es esta belleza que tienes en tu brazo?", Preguntó Samuel.

"Perdón, esta es Sarah Michel. Una buena amiga mía..." dijo Andrew.

Samuel besó su mano y Sarah sonrió.

"Andrew, ¿no te importaría si presentará la Sra. Michel a algunas personas?"

Antes de que Andrew pudiera responder, Sarah intervino.

"Oh, por supuesto que no le importa. Creo que su esposa lo buscará pronto, y me dejarán sola.''

Samuel extendió su brazo; Sarah colocó su brazo dentro y con confianza comenzó a caminar con él. Samuel la presentó a casi todos, y a Sarah le encantó. Estas fueron algunas de las personas más ricas y mejor conectadas del país. Ella sonrió, se rió, recogió cartas de negocios; y lo más importante, ella podría decir que Andrew estaba celoso. A veces, Sarah miraba hacia arriba y veía a Andrew mirando al otro lado de la habitación.

Sarah salió al balcón por un momento para sí misma. Era

una noche cálida, pero la brisa ligera la enfrió y se estremeció. Mientras sus ojos exploraban el cielo nocturno, alcanzó a ver a una figura sombría de pie en la esquina del balcón. Ella entrecerró los ojos, pero solo pudo ver la figura.

"Te ves frío..." dijo una voz.

"Estoy un poco... No puedo verte..." respondió Sarah.

Él comenzó a caminar lentamente hacia la luz. Cuanto más revela la luz su físico, más le gusta a Sarah.

Era alto, tenía hermosos ojos verdes, pelo oscuro, piel suave y una sonrisa perfecta. Él era maravilloso. Sarah trató de recuperar el aliento y mantener la calma mientras caminaba hacia ella.

Jade se quitó la chaqueta y se la colocó sobre los hombros. Ambos se apoyaron en la barandilla y miraron las estrellas. Estaban en silencio, pero era un silencio cómodo. Estaban contentos en la presencia del otro.

Sarah lo miró y él la miró. Ambos sonrieron.

"¿Quién eres?", Preguntó Sarah.

"Mi nombre es Jade. No soy tan importante como esta gente."

Él se rió entre dientes, sacó un cigarrillo y le ofreció uno. Sarah lo miró y suavemente sacó un cigarrillo del paquete. Se rió para sí misma porque sabía que no había forma posible de que no tuviera importancia. Estaban más cerca el uno del otro. Su interacción era tan natural que fácilmente se podía suponer que se conocían desde hacía años. Sarah miró hacia la habitación abarrotada. Andrew la estaba mirando. Sarah quería mantener el espectáculo en marcha.

"¿Quieres salir de aquí?" preguntó Sarah espontáneamente.

Jade, con la misma cantidad de espontaneidad, agarró su mano y se dirigió a la entrada principal.

***

Jade y Sarah miraron al techo mientras yacían en la cama de su hotel. Los dos habían compartido dos botellas de vino tinto. Habían hablado durante casi tres horas sobre el trabajo y sus filosofías sobre la vida. Jade mayormente escuchaba a Sarah y estaba intrigada por ella. Le gustaba la forma en que su boca se movía y la forma en que sonreía.

"¿En qué crees?" preguntó Jade.

"¿Qué?" Sarah respondió mientras se reía. La pregunta la tomó por sorpresa. "Creo en el hada de los dientes y Santa Claus..." bromeó Sarah.

"Lo digo en serio. ¿Crees en Dios? " preguntó Jade mientras se inclinaba sobre ella.

"Dios no ha hecho mucho por mí..." Sarah dejó de reír y se volvió reflexiva. "No creo en nada de nada," dijo.

Jade sonrió y se recostó. Sarah agarró su mano y miró su anillo.

"Entonces, ¿qué es esto?"

Jade volvió a sentarse y se inclinó hacia Sarah. Se quitó el anillo y lo giró con los dedos.

"Este anillo representa alcanzar el más alto nivel de membresía en la orden", respondió Jade.

Sarah estaba interesada. Andrew tenía un anillo similar, pero no era tan bonito como el de Jade.

"Entonces, ¿qué tienes que hacer para conseguir ese anillo?" Dijo Sarah, usando la conversación como una oportunidad para ser más coqueta.

"Este anillo representa el nivel de conocimiento y conciencia que tengo..." respondió Jade.

"¿Tu conocimiento y conciencia de que?" Sarah insistió.

Jade la miró y sonrió.

 "Mi conocimiento de todo..."

Tenía curiosidad, y la curiosidad era todo lo que necesitaba.

"Sarah, este anillo representa un mundo que aún debes experimentar. La persona que lleva este anillo podría abrir más puertas para ti y puede mostrarte más de lo que puedas imaginar. Somos los Grand Master Architects. Si alguna vez te encuentras con alguien con este anillo, deberías escuchar lo que tenga que decir. Si no crees en nada, Sarah, cree en nosotros."

El corazón de Sarah latía con fuerza mientras lo miraba a los ojos. Ella siempre había querido esas conexiones, estos amigos en lugares altos. Ella no sabía mucho sobre los antecedentes de Jade, pero para ella no importaba. Ella sabía que él tenía conexiones, y él tenía influencia.

Jade sabía que la semilla había sido plantada con Sarah. Podía decir que le gustaba por todas las razones equivocadas. Toda su interacción se basó en la atracción física y todo lo que los ojos podían reunir fácilmente. Aprendió más sobre ella que lo que sabía de él. Jade creía que ella incluso podría haber pensado que él era un buen tipo.

Jade se inclinó para besarla. Sus labios casi se tocaron cuando ella se apartó. Jade gentilmente agarró la parte de atrás de su cuello, y Sarah puso una resistencia juguetona. Jade podía sentir que Sarah no estaba completamente con él. En este punto, Jade había estado adquiriendo almas más fácilmente de lo que esperaba. Después de Max, conoció a personas que casi le entregaron sus almas. Fueron fácilmente influenciados y los empujaron en la dirección que él quería que fueran, fue todo lo que tomó. Había algo en ella que le decía que podía ser redimida, y él la deseaba. Jade sabía que tomaría algún trabajo hacer que ella prometiera lealtad, pero estaba dispuesto a poner el trabajo. Ella sería un desafío divertido. Ella le recordó a alguien que él conocía pero no podía recordar. Jade estaba intrigada por su complejidad. Su alma se convirtió en su proyecto.

Jade levantó a Sarah y sostuvo su cuerpo cerca del suyo. Él la miró a los ojos y se inclinó para besarla. Hizo una pausa antes de tocar sus labios, y ella sonrió. Se besaron mientras Jade abrió la cremallera y lentamente quitó su vestido antes de tirarlo al piso. Sarah tomó el interruptor y apagó la luz.

"Así que, según tengamos oportunidad, hagamos bien a todos, y mayormente a los de la familia de la fe."   Gálatas 6:10

Capítulo Once

El Mundo

Steven se subió a un autobús hacia Washington, DC. Él tomó un asiento cerca de atras al lado de un niño. El chico no podía tener más de doce años, pero su ropa era claramente tres tallas más grande. Steven miró con curiosidad al niño que movía agresivamente la cabeza hacia la música. Aunque el niño tenía los auriculares puestos, la música era suficientemente alta para que Steven la escuchara.

Steven golpeó al niño en el hombro y le preguntó: "¿Qué estás escuchando?"

El chico se quitó los auriculares y parecía muy molesto.

"¿Qué...?" respondió.

"Estoy curioso de qué estabas escuchando," dijo cortésmente Steven.

"Musica Rap" dijo el chico.

El chico se puso los auriculares y siguió moviendo la cabeza. Steven lo golpeó en el hombro otra vez.

"¿Puedo escuchar?"

El niño lo miró como si estuviera loco y de mala gana extendió uno de los auriculares para que pudiera oír.

Steven escuchó la música y estaba tan perturbado que inmediatamente le devolvió el audífono. El chico parecía confundido.

"¿Qué? ¿No te gusta?"

Steven negó con la cabeza.

"No, para nada..."

El chico se rió.

"Eres una golosina, ¿verdad?"

Steven miró al niño, y aunque era muy joven, Steven podía decir que era sabio más allá de sus años.

"¿Por qué te gusta esa música?" preguntó Steven.

"Porque es genial..." El chico respondió.

"¿Por qué es genial?", Preguntó Steven.

"No sé, porque habla de todo lo que quiero en la vida: dinero, chicas, coches, poder, hacer lo que quiero... ¿no quieres esto *usted*?"

Steven no reaccionó de inmediato y el niño comenzó a reírse.

"Estás trippin'... ¡De verdad! Me haces creer que eres un poco gracioso...

Steven esbozó una sonrisa. Había algo en el chico que le gustaba a Steven. Steven podía decir que él era bueno, simplemente estaba mal aconsejado. Los dos continuaron de hablar.

"¿Dónde está tu madre?" preguntó Steven.

"Ella vive en el noreste, eso es a quién voy a ver ..."

"¿Por qué estabas lejos de ella?", preguntó Steven.

"Desafortunadamente, tuve que pasar tres meses en la casa

de este niño y hacer este pinche servicio comunitario, porque había robado algunas cosas de una tienda."

"¿Qué robaste?", Preguntó Steven.

"Una bolsa de papas fritas y una soda..."

"¿Por qué?"

"Mis chicos me desafiaron. Tenía que hacerlo," dijo el niño.

"¿Por qué tienes que hacerlo?" preguntó Steven.

"Porque ellos pensarían que yo era un bobo si no fuera así, que tenía miedo," el niño respondió tratando de establecer un terreno común.

"Oh, ya veo... porque tienes que verte genial, ¿verdad?", Dijo Steven.

"Podrías decir eso." el chico dijo aliviado de que Steven finalmente entendiera algo que estaba diciendo.

"¿Qué extrañabas más cuando estabas en la casa del niño?"

"Sabes, haces muchas preguntas." El chico le miró a Steven. "No lo sé. Extrañaba a mi hermanita. Ella solo tenía un mes cuando me fui. Ella es probablemente muy grande ahora, y extrañé a mi madre y mi abuela," el niño respondió.

"Noté que no dijiste a tus chicos..."

"Nah, no pensé en ellos demasiado mientras estuve allí."

"Así que perdiste un tiempo precioso con tu hermanita, tu madre y tu abuela por una bolsa de chips y una soda? ¿Valió la pena? "preguntó Steven.

El chico hizo una pausa y reflexionó.

"Nunca lo pensé así ... pero no, no valió la pena".

"La gente nunca considera el panorama completo en el momento. Apuesto a que nunca pensaste que un simple acto podría quitarte de tu familia. Probablemente nunca pensaste en cómo tu ausencia los afectaron. No vivimos en aislamiento. En cambio, estamos conectados el uno con el otro. Lo que haces importa. Lo que dices importa. Quien eres, importa. Si piensas sobre las cosas de esa manera, la forma en que vives cada día se vuelve mucho más significativa, " dijo Steven.

Por primera vez en mucho tiempo, el niño no se rió ni se encogió los hombros ni emitió la actitud indiferente que tantos de sus amigos admiraban. Por primera vez en mucho tiempo, escuchó. Steven podía decir que las palabras que hablaba resonaban con el niño.

"Oye... ¿Cuál es tu nombre, hombre?" preguntó el chico.

"Mi nombre es Steven, y el tuyo?"

"Mi nombre es Carlos."

Steven extendió y se dieron la mano.

***

Cuando el autobús se acercaba a la ciudad, una sensación extraña consumió el cuerpo de Steven. Sus sentidos se intensificaron y todo en su espíritu le decía que estuviera alerta. Carlos le dio un codazo a Steven y lo empujó a mirar los monumentos. La cara de Steven se movió más cerca del vidrio, y sus ojos se agrandaron cuando vio signos y símbolos que sabía que no eran de Dios, sino que se habían convertido en lo que el niño llamaría "geniales." Steven cerró los ojos y comenzó a rezar en silencio. El niño lo miró y, como signo de compasión, apoyó la mano en su hombro.

"Sí... si esta es tu primera vez en la ciudad, las cosas pueden ser abrumadoras. Sin embargo, ¡Te encantará!"

Cuando el autobús llegó a la terminal, Steven se alejó y estaba esperando junto a Carlos en la fila mientras el asistente colocaba bolsas en la acera. Steven se volvió y miró hacia el cielo. Estaba asimilando todo a su alrededor. Cuando sus ojos regresaron a la tierra, ¡vio a un demonio acercándose a él! La bestia era la vista más aterradora que jamás había visto.

Steven bajó apresuradamente tan lejos que tropezó con algunas bolsas. La multitud irritada comenzó a gritar: "¡Cuidado!"

El niño lo ayudó a levantarse y le preguntó: "¿Estás bien?".

El demonio estaba parado al lado de Carlos. La imagen del demonio se desvaneció, para revelar a un tipo muy atractivo.

"¿Está bien este tipo?" preguntó el demonio.

Carlos respondió por Steven.

"Sí, sí, él está bien ... simplemente no es de aquí".

El demonio le entregó a Carlos un folleto.

"¡Yo, este nuevo club es FUEGO, mijo! Dile a tu amigo que se relaje y venga... "

Carlos tomó el folleto, lo miró y sonrió.

"Aight..."

Carlos le dio la mano al demonio y se fue.

Steven observó al demonio cuidadosamente mientras se alejaba. Steven recordó que él era el único que podía verlos por lo que realmente eran. Sabía que si evitaba ser detectado, tendría que hacer un mejor trabajo para mantener la compostura.

Cuando Steven se puso de pie, miró a su alrededor y notó que docenas de demonios caminaban entre los humanos; ninguno de ellos se dio cuenta de que les estaban acercando en la acera, lo que estaba sentado al otro lado de la mesa, o lo que les estaba susurrando al oído.

"Ok, fue genial hablar contigo..." dijo Carlos.

Steven, claramente preocupado, respondió: "Sí, sí... que Dios te bendiga".

Cuando Carlos comenzó a alejarse, se volvió para mirar a Steven. Steven estaba parado en la acera mirando al cielo. En circunstancias normales, el niño se habría ido y nunca más pensó en él otra vez. Pero algo en su corazón le dijo que no lo dejara.

"¡Yo! ¡Steve " gritó Carlos.

Steven miró a su alrededor y encontró a Carlos más arriba en la cuadra.

"¡Vamos!" dijo Carlos mientras le indicaba que lo siguiera.

***

Cuando llegaron al apartamento de la madre de Carlos, Carlos llamó. Después de unos momentos, su madre abrió la puerta. Sin dudarlo, felizmente abrazó a su hijo.

"¡Te extrañé mucho, chico!". Ella lo abrazó por tanto tiempo que al principio no se dio cuenta de que Steven estaba parado allí. Cuando levantó la vista, se sorprendió.

"¿Quién eres?"

Antes de que Steven pudiera responder, Carlos intervino.

"Ma, él es genial..."

Su madre se disculpó, acompañó a su hijo al apartamento y cerró la puerta. Su madre hablaba español y el niño respondió en inglés. Estaban hablando suficientemente alto para que Steven lo escuchara.

"Sí, mamá, lo sé, hay un montón de locos por aquí... No, él no me tocó... solo necesita comida... ¡Mamá, relájate!"

Después de unos cinco minutos, la puerta volvió a abrir.

"Bueno, supongo que estás a tiempo para la cena. Mi nombre es María," dijo su madre cortésmente.

***

Steven se sentó en el sofá y observó a Carlos jugar con su hermana pequeña. Sonrió porque le recordaba a los niños junto al río en el cielo. El bebé siguió mirando a Steven, mientras se reía y estiraba la mano hacia él.

"¡Yo, a ella le gustas mucho!" dijo Carlos.

Steven sonrió humildemente y continuó mirándolos jugar. Aunque Maria estaba de espaldas, estaba muy atenta a todo lo que sucedía en la sala de estar.

"Entonces, ¿de dónde eres?" preguntó María.

"Oh... estoy de camino hacia el norte..." Steven respondió vagamente.

"De Verdad…? De donde—" preguntó Maria.

Antes de que pudiera terminar su pregunta, un fuerte trueno desvió su atención hacia el exterior. Estaba lloviendo mucho.

Steven levantó la mirada y susurró: "¡Gracias, DIOS!"

María volvió a cocinar. María era joven y era naturalmente hermosa; ella había asumido tanta responsabilidad cuando otros los habían abandonado. Ella era fuerte.

El padre de Carlos murió hace cuatro años. El padre de su hija fue enviado a la cárcel por cargos relacionados a las drogas, y su madre tuvo un derrame cerebral, que la dejó incapacitada para hablar. El poco dinero que María había ahorrado, lo destinó a tratamientos y medicamentos contra el cáncer. Los doctores le dijeron que no había nada más que pudieran hacer. Cáncer estaba devorando el cuerpo de su madre y el momento se avecinaba. Con todo esto en la mente y el corazón de María, ella todavía tomó el tiempo para preparar una buena comida para un extraño y compartir lo poco que tenía.

Mientras los tres nuevos amigos se sentaban alrededor de la mesa, rezaban y comían, la incomodidad se desvaneció. Se rieron y momentáneamente se olvidaron de sus problemas.

Cuando terminaron de comer, Steven ayudó a limpiar la

mesa. María lo miró cálidamente. Steven la atrapó y rápidamente desvió la mirada. Steven le sonrió y le agradeció la cena mientras se dirigía hacia la puerta principal.

"Está lloviendo afuera... Puedes dormir en el sofá..." dijo María.

"Oh, está bien, no quiero molestarte," dijo Steven.

"Por favor, quédate...", dijo María.

Él asintió cortésmente de acuerdo.

***

Steven estaba saliendo del baño cuando notó a Carlos arrodillado junto a la cama en la habitación donde estaba su abuela.

"Te amo Abuela," dijo Carlos.

Steven vio como la abuela de Carlos, débil y dolorida, acariciaba amorosamente su cabello. Steven observó desde lejos hasta que Carlos se fue a su habitación. Steven silenciosamente se coló en la habitación de la abuela.

Aunque no podía hablar, sus ojos eran cálidos, hablando en voz alta. Ella podía sentir su bondad. Steven se sentó en una silla cerca de la cama. La anciana le indicó que acercara su oreja a sus labios. Steven comenzó a hablarle como si estuviera respondiendo preguntas. María pasó por la habitación y rápidamente dio un paso atrás para ver a Steven rezando con su madre. Steven levantó la mirada y extendió su mano hacia María. "Ya es hora..."

Los ojos de María comenzaron a llorar de inmediato y corrió hacia la mano de su madre.

"¡Mamá! Por favor no me dejes! ¡Por favor, te necesito!" María lloró.

Ella amorosamente miró a los ojos de su hija antes de que se cerraran lentamente. María y Steven observaron cómo su pecho se elevaba y luego se derrumbaba. Ella había tomado su último aliento.

María gritó: "¡MAMA!"

Carlos entró corriendo a la habitación. No necesitaba explicación: entendió lo que ocurrió. Abrazó a su madre mientras los dos lloraban.

Steven los dirigió en el Padre nuestro:

"Padre nuestro que estás en los cielos, santificado sea tu nombre, venga a tu reino, hágase tu voluntad en la tierra como en el cielo... "

"No os ha sobrevenido ninguna tentación que no sea humana; pero fiel es Dios, que no os dejará ser tentados más de lo que podéis resistir, sino que dará también juntamente con la tentación la salida, para que podáis soportar." 1 Corintios 10:13

Capítulo Doce

La proposición

Cuando Sara regresó a la oficina, ella estaba en la nube nueve. Ella regresó de su viaje con un nuevo sentido de superioridad. Ella había sido presentada un mundo de élite que otros no tenían ni idea. Ya no se sentiría como una extraña que necesita derribar puertas y golpear el pavimento en busca de contactos; ella "conocía" a las personas ahora, y no solo a los ricos, sino a las personas extraordinariamente ricas. David apareció en su oficina en el momento exacto en que ella esperaba que lo hiciera.

"Entonces, ¿cómo estuvo LA?", preguntó David.

"Oh, fue absolutamente maravilloso; asistí a un evento de Mesón Gratis..." dijo Sarah casualmente.

"Bueno, ¿no eres la famosa…" David respondió.

A Sarah le encantó el hecho de que él sabía la importancia del evento.

"Conocí a algunas personas. El invitado de Samuel Linden me listó. ¿Has oído hablar de él?

David la miró y sonrió.

"Ah... sí... podría ser una de las personalidades de la sociedad más influyentes de nuestro tiempo, pero su gente nunca fue de mi agrado."

Sarah cortó sus ojos hacia él. Ella no creía que fuera posible, pero una vez más David logró enojarla.

"¿Por qué, podría preguntar, un grupo de los hombres más exitosos, influyentes y poderosos no sería de *tu* agrado, David?" preguntó Sara con sarcasmo.

"¡Oye, no quise decir nada! Es solo que cuando los grupos se vuelven demasiado exclusivos, empiezo a cuestionar de qué se tratan realmente. Sí, los Mesón Gratis son muy 'exitosos', pero para un grupo con tanto poder, no han hecho demasiado por el mundo, aparte de reforzar continuamente lo bueno que es ser ridículamente rico," dijo David mientras tomaba una asiento.

Sarah se cruzó los brazos y se recostó en su silla.

"¿Tienes celos, David? Suenas como alguien que quería ser uno pero nunca pudo," Sarah respondió.

David se rió y la corrigió cortésmente.

"Bueno... tienes razón en parte, nunca he sido un Mesón Gratis. Yo los rechacé.

Sarah puso los ojos en blanco pensando que él estaba mintiendo o que la vida le estaba gastando una broma muy cruel. Por supuesto, a David se le habría ofrecido la membresía de una de las organizaciones más exclusivas del mundo y se habría negado; él estaba muy por encima de todo. En este punto, Sarah tenía que saber por qué.

"Bueno, me ofrecieron membresía al salir de la universidad, pero ya había decidido unirme al Cuerpo de Paz. Recibí muchas críticas de mis amigos e incluso de mi familia, quienes afirmaron que mis oportunidades no tendrían fin una vez que me uní, pero decidí arriesgarme. Una vez que me aceptaron en Yale, mientras hacía mi JD/ MBA, se me presentó nuevamente la oportunidad. Pero después de pasar dos años en Ruanda, no había forma de que pudiera unirme a un grupo solo para decir que soy parte de algo.

Hubo cosas que se volvieron mucho más importantes para mí y las etiquetas y afiliaciones no estaban en mi lista. Lo que me hace querer ser parte de 'algo' es lo que están haciendo por la humanidad. Me preocupa menos quién sea parte del grupo. Desafortunadamente, los del Mesón Gratis no hacían lo suficiente para mi."

Sintió que David no estaba diciendo la verdad. Nadie realmente podría sentirse así. Ella no sintio asi, el mundo no sintio asi, y cualquiera que afirmara lo contrario estaba mintiendo o era un tonto.

"Esta fue una agradable charla David, pero debo volver al trabajo," dijo Sarah, acortando la conversación.

David se encogió de hombros, se levantó rápidamente y salió de la habitación.

Sarah puso los ojos en blanco otra vez cuando sonó el teléfono.

"Hola, ¿esta es Sarah Michel?"

"¿Y esta es...?"

"Este es Leonardo DeAmato, intercambiamos tarjetas en el evento Gratis..."

Sarah examinó rápidamente sus cartas, y allí estaba, Leonardo DeAmato, presidente de Future Intellect, Inc. La compañía estaba diseñando y trabajando en prototipos de armas no letales durante los últimos 10 años. No eran bien conocidos, pero tenían algunas patentes y tenían el potencial de ganar una gran cantidad de dinero. No lo habían hecho todavía.

"Sí, Sr. DeAmato, estaba planeando llamarte hoy," dijo Sarah.

"Oh genial, eso debe significar que ambos estamos pensando en dinero. Por favor llámame DeAmato. Todos mis amigos me llaman DeAmato. No hay necesidad de ser tan formal." Sarah se rió entre dientes y se relajó un poco.

"Si no fuera demasiado inconveniente para usted, ¿estaría disponible para pasar por mi hotel en la ciudad para una presentación rápida de mi personal? Tenemos una propuesta que podría interesarte." DeAmato ofreció.

Los ojos de Sarah se agrandaron. Estaba sorprendida de cómo las cosas progresaban con bastante facilidad desde el evento.

Ella aceptó con entusiasmo.

.

***

Cuando Sarah llegó, la acompañaron a la sala de conferencias del hotel. DeAmato sacó una silla y ella se sentó. Notó las sonrisas de aquellos sentados, todos menos uno, un hombre delgado de aspecto indio que parecía ligeramente nervioso. Sarah reconoció su gentileza.

"Estamos tan contentos de que pueda venir con poco tiempo de aviso," dijo DeAmato mientras tomaba asiento en el otro extremo de la mesa de conferencias.

"Imagine un mundo donde el riesgo involucrado en la lucha contra el crimen se reduce drásticamente. Imagínese un mundo donde un oficial de policía pueda detener a un agresor con seguridad el 100% del tiempo. Tómese un momento para pensar cuántos policías más llegarían a sus familias y vivirían para luchar contra el crimen otro día. Todo esto es posible con Future Intellect, Inc. " dijo DeAmato.

Sarah parecía estar escuchando atentamente. Ella deseaba llegar al punto final: el dinero. Las luces se atenuaron y uno de los miembros del equipo se hizo cargo de la presentación. En la pantalla, apareció una imagen de lo que parecía ser un escáner de mano usado en las tiendas de comestibles. "Este es el Crime Halter. Este dispositivo utiliza la última tecnología láser que literalmente congela a un sospechoso en sus pistas durante aproximadamente 15 minutos. Actúa como un "relajante muscular" de alta potencia que se dirige al Sistema Nervioso Central. El láser afecta por completo el movimiento. Esto le permite a un oficial de policía acercarse, apresar y esposar al sospechoso sin miedo a la muerte o daño corporal."

Sarah se sorprendió.

"¿Cómo es posible?" preguntó ella.

"Te mostraremos ahora..."

La joven que estaba haciendo la presentación sacó el dispositivo de su bolso, lo apuntó hacia su compañero de equipo masculino y lo paralizó. Sarah saltó de su asiento.

"¡¿QUÉ ESTÁS HACIENDO?!" Sarah gritó.

DeAmato se acercó a Sarah.

"Está bien; es parte de la presentación... "dijo DeAmato, tranquilizador. Sarah volvió cautelosamente a su asiento y continuó mirando. La joven se acercó a su colega que estaba completamente quieta.

"¿Estás bien?" preguntó ella.

Él respondió: "Sí, esto."

Como pueden ver, el sospechoso aún podrá hablar. Sin embargo, no podrá mover ninguna otra parte de su cuerpo por sí mismo. ¿Te duele algo? "Ella le preguntó.

"No, completamente bien". Él respondió.

La joven se dirigió hacia Sarah y cambió el diapositivo.

"Este dispositivo hará que la Taser sea prácticamente obsoleta. Este dispositivo no solo mantendrá seguro al agente, sino que también no causará daños al sospechoso. Nuestros estudios muestran que este dispositivo reducirá los pleitos debido a la brutalidad policial en un 65 por ciento. Una encuesta que realizamos recientemente sobre 100 jefes de policía, sheriffs y alguaciles adjuntos de los Estados Unidos, preguntó si usarían un dispositivo como este en sus recintos, mostró que el 98% dijo que sí," la joven terminó.

DeAmato se inclinó más cerca de Sarah y enarcó las cejas.

"¿Qué piensas?"

Sarah estaba impresionada, pero no se atrevía a mostrarlo.

"Entonces, ¿por qué me necesita?"

"Bueno, la verdad, su empresa ha resistido la prueba del tiempo; es un nombre familiar y se ha ganado la confianza del pueblo estadounidense. Aunque somos una compañía que ha estado construyendo un nombre para nosotros, todavía hay muchas dudas con nosotros. Somos una empresa italiana bastante nueva, y primero necesitamos que el mercado estadounidense nos acepte antes de que lo haga el resto del mundo. Su fortaleza monetaria para financiar algunos de nuestros proyectos tampoco sería perjudicial," DeAmato dijo con una sonrisa.

Sarah sabía que esto era un cambio de juego. Por supuesto que necesitaban el dinero para fabricar el aparato, que su empresa podría cubrir fácilmente, pero los ingresos valdrían la pena. Podía ver a todos los agentes de policía en el mundo usando este dispositivo: cada guardia de prisión, cada soldado, incluso cada trabajador psiquiátrico y maestro de jardín de infantes.

"Lo pensaremos," respondió Sarah, con tacto.

Cuando se puso de pie, el equipo formó una línea y cada uno se acercó para estrechar su mano. Todos sonreían y estaban contentos con las perspectivas, excepto el caballero indio. Miró a Sarah directamente a los ojos y le estrechó la mano sin entusiasmo. La cara de Sarah se endureció por su comportamiento, pero ella siguió ignorando su rudeza. DeAmato llevó a Sarah afuera.

"Emocionante, ¿no?" dijo DeAmato.

"Sí... ciertamente," Sarah respondió.

"Nos está acercando un paso al tiempo que todos esperábamos...", dijo DeAmato.

"No más muertes sin sentido. Un tiempo de paz, ¿verdad? "Dijo Sarah con una sonrisa genuina.

"Sí... Paz..."

Intentó ocultar la diabólica sonrisa que crecía en su rostro. Sarah le devolvió la sonrisa cuando el automóvil de la ciudad se accrcó. Estaba a punto de intervenir cuando se volvió hacia DeAmato.

"¿Quieres escuchar algo gracioso?" preguntó Sarah.

DeAmato inclinó la cabeza con curiosidad.

"Un colega mío dijo que los Mesón Gratis no han hecho mucho con su riqueza, y un Mesón Gratis acaba de mostrarme una de las herramientas más innovadoras para el mantenimiento de la paz que he visto en mi vida. Esto salvará muchas vidas." dijo Sarah por genuino respeto y admiración.

DeAmato sonrió.

"Hay mucho más por venir, querida," dijo.

DeAmato colocó su mano en la puerta, y por primera vez notó su anillo GMA.

Sarah se sentó en el coche y apoyó su cabeza en el asiento, cerró los ojos y pensó en Jade. Él estaba en lo correcto. Él fue quien le dijo que escuchara a cualquiera que llevara ese anillo, y ella lo hizo. Echaba de menos a Jade y anhelaba verlo de nuevo.

"Porque es necesario que todos nosotros comparezcamos ante el tribunal de Cristo, para que cada uno reciba según lo que haya hecho mientras estaba en el cuerpo, sea bueno o sea malo.". 2 Corintios 5:10

Capítulo Trece

El pasado

Jade abrió una tarjeta de Sarah. Dentro había una nota.

Jade,

Solo quería agradecerte por la maravillosa noche que tuvimos y la información que compartiste conmigo. Sé que solo te conozco desde hace unas semanas, pero me has inspirado. La última vez que hablamos, ya no tenía ideas; ahora, durante las últimas dos semanas, he estado trabajando diligentemente en una propuesta ganadora; todo porque te escuché. Adjunto es algo para que me recuerdes.

Con amor,
Sarah

PD: Espero que puedas darte una pista... (Ver la parte de atrás)

Adjunta había una foto de Sarah. En el reverso estaba su dirección. Jade se rió entre dientes. La imagen parecía que tenía un par de años. Su cabello era diferente. Su cabello era oscuro, largo y rizado. Al contrario, Sarah había cortado, enderezado y aligerado su cabello, y raramente llevaba el pelo suelto. Ella se veía tan despreocupada y feliz en la imagen.

Había algo en ella que continuaba cautivándolo, y la imagen le traía algo a Jade. De repente, como un relámpago, los recuerdos comenzaron a fluir, relámpagos de una mujer, una mujer que se parecía a Sarah en todas las facetas importantes. La imagen revoloteó en el suelo cuando el agarro de Jade le falló.

***

Jade era un rico español durante la última parte del siglo 16 viviendo en Inglaterra. Se hizo famoso en España como un explorador y adquirió mucha riqueza y éxito por su cuenta, pero necesitaba casarse bien para tener el peso social que deseaba. Ya se comportaba como un caballero, y muchas mujeres de la alta sociedad acudieron en masa para estar en su presencia.

Elisabeth tenía la combinación perfecta de belleza, riqueza y prestigio. Jade la persiguió con la misma determinación con la que buscaba las riquezas de las Américas, y tomó su mano de la misma manera.

Jade y su esposa adquirieron una gran mansión con varios acres de tierra. Los dos tenían muchos trabajadores con el deber de mantener la propiedad. Hubo una camarera en particular que llamó la atención de Jade. Su nombre era Isabel. Su familia trabajó para la familia de Elisabeth durante muchos años, e Isabel fue la sirvienta y amiga favorita de Elisabeth.

Jade la observaría mientras limpiaba o frotaba la ropa afuera. A veces levantaba la mirada y lo miraba asomando por la ventana. Jade estaba fascinada por Isabel y se aprovechó. Los dos comenzaron un amorio intenso.

Jade se levantaba en medio de la noche, se inclinaba y besaba a su esposa.

"Mi amor, voy a la biblioteca".

Medio dormida, Elisabeth asintió y rápidamente volvió a

sumirse en un profundo sueño. Jade usaría una larga capa negra y caminaría hasta el sótano. La habitación de Isabel estaba al final de un largo pasillo.

Pasaría varias horas en su habitación. Harían el amor y hablarían. Jade admiraba su aspecto exótico y siempre se retorcía y jugaba con su largo cabello negro. Su piel era de un marrón oscuro, y sus ojos eran aún más profundos. A pesar de que era una de las mujeres más bellas que había visto en su vida, su aspecto no era favorecido por los estándares sociales. Era persona de color. Jade había estado en muchos lugares de su vida, había visto tierras lejanas y amaba a mujeres que eran diferentes. Jade sabía que gran parte de su éxito se atribuía a su piel clara, que a veces le molestaba. Jade aprovechó todas las oportunidades que pudo para decirle a Isabel que era hermosa. Podía decir que ella no había escuchado tanto en su vida. Jade amaba a Isabel. Él se rió más con ella que con cualquier otra persona y ella era la única en quien podía confiar. Solo se mostraban el amor por la noche, nunca durante el día.

Un día, Isabel ingresó a la sala donde Jade estaba organizando una reunión para algunos estadistas.

"Jade, la gente ha estado hablando sobre el nombre que has estado haciendo desde que llegaste a Inglaterra. Algunos de nosotros tenemos algunos planes para ti, si estás interesado ", dijo un estadista.

Jade sonrió, sabiendo lo que significaba. Miró hacia arriba e Isabel estaba de pie en el rincón mirándolo. Jade se puso de pie.

"Caballeros, ¿les gustaría otra bebida?"

Algunos asintieron. "Por favor continúa, debo disculparme".

Se acercó a Isabel y comenzó a decirle qué bebidas debía llevar. Salió de la habitación con ella y rápidamente cambió la conversación.

"¿Qué estás haciendo, Isabel? Es completamente inapropiado estar en la habitación cuando los caballeros están hCbland, " susurró Jade.

"Estoy embarazada", respondió Isabel.

Jade dio un paso atrás.

"¿Qué?"

"Estoy cargando a tu hijo", declaró Isabel de nuevo.

Jade miró rápidamente a su alrededor para ver si había

alguien a la distancia.

"Hablaremos de esto más tarde".

Isabel asintió y continuó su trabajo. Aunque su situación la preocupaba, confiaba en Jade más que nadie en el mundo.

***

Esa noche Jade se quedó en su cama. Él no fue a verla. Al día siguiente, siguió ignorando y evitando a Isabel. Jade continuó con este comportamiento durante semanas hasta que un día, Jade estaba a punto de subir al carruaje con su esposa cuando Isabel comenzó a caminar hacia él. Jade la vio, parecía enojada. Continuó tranquilamente en el carruaje cuando Isabel lo agarró del brazo.

"¡Necesito hablar con usted, señor!"

Elisabeth parecía preocupada.

"¿Qué es Isabel?", Preguntó.

Isabel miró a Jade que parecía cada vez más enojada. Isabel rápidamente inventó una mentira.

"Sir Walter quería hablar con usted antes de ir a la ciudad..."

"Ya había hablado con Sir Walter," contestó Jade. "Por favor, asegúrese de nunca agarrar el brazo de un estadista con tanta autoridad. ¡Conoce tu estación, niña! "

Isabel estaba completamente avergonzada. Ella se quedó allí tristemente y vio como el carruaje de Jade se dirigía hacia la carretera.

Esa noche Jade la visitó. Ella solo abrió la puerta.

"¿Qué quiere, señor?"

Jade empujó agresivamente la puerta y agarró a Isabel por los brazos.

"¿Qué diablos es tu problema? ¿Estás tratando de destruirme?

Isabel se soltó y gritó.

"¡No me has hablado por un mes! ¿Te importa? "Jade la calmó, repentinamente consciente de su volumen excesivo.

"Por supuesto, me importa. Tu sabes mi situación ¡Tengo una esposa, Isabel!" susurró Jade.

"¡Una esposa que no amas!" Isabel replicó.

"Escucha, si pudiera, estaría contigo. Sin embargo, las cosas no son así. Ya sabes lo que tienes que hacer... "

Isabel miró a Jade y con ojos llorosos gritó.

"¡NO! ¡No me estoy deshaciendo de mi bebé! "

" ¡Isabel, no tienes otra opción!" dijo Jade autoritariamente.

"Me iré entonces; ¡Me escaparé! No te importará," dijo Isabel.

"No tienes adónde ir; Elisabeth estaría desconsolada."

Isabel entendió muy bien qué tipo de hombre era Jade ahora.

"¡No me importa si tengo un niño y él se parece a ti! Estoy teniendo a mi hijo. No tienes que volver a hablarme desde este punto. Isabel abrió la puerta y Jade salió.

Jade entendió que la gente no era estúpida. Jade también sabía que solo sería cuestión de tiempo antes de que Isabel comenzara a hablar. Después de la escena que hizo, solo podía haber más exhibiciones emocionales a continuación.

***

Jade le confió a Sir Walter, quien era su mejor amigo y, a veces, un hombre de carácter cuestionable.

"Tienes mucho que perder con esta moza," dijo Walter.

"Yo la amo. Creé esta situación, y tengo que enfrentarla; no hay otra manera," respondió Jade.

Walter ofreció cautelosamente una solución alternativa.

"Tengo asociados que tienen los medios para encargarse de la situación por usted", dijo Walter.

Jade, cuya cabeza estaba enterrada en sus manos, rápidamente levantó su cabeza y miró a Walter con una expresión perturbada en su rostro.

"¿Qué quieres decir? ¿Estás sugiriendo..."

" Todo estará bien. Piénselo un momento: ¿realmente quiere un bastardo que se parece a usted trabajando en su casa? Me ocuparé de todo. Después de esta noche, no tendrás que pensar en eso otra vez," dijo Walter.

Jade se detuvo por un momento para pensar en la decisión que estaba a punto de tomar. Walter lo miró y sonrió.

Sir Walter escribió un número en un pedazo de papel y lo

deslizó sobre la mesa. "Solo dame esa cantidad y me ocuparé de todo".

Jade metió la mano en su abrigo y tocó la bolsa de monedas que guardaba en él en todo momento, solo para emergencias. Cogió la bolsa de terciopelo rojo y la dejó caer en la mano de Walter. Las monedas jugaban sobre sí mismas, produciendo un ruido impío que parecía más fuerte y más final que cualquier sonido que Jade hubiera escuchado antes.

***

Los días se convirtieron en semanas y las semanas se convirtieron en meses. Jade no había visto a Isabel. Su esposa constantemente preguntaba por ella y estaba profundamente entristecida por su desaparición.

"¿Por qué iba a irse así, Jade? La tratamos bien, ¿no es así?" preguntó Elisabeth en voz alta.

Era muy raro que los sirvientes simplemente irse, pero era la única explicación que le podía ofrecer a su esposa.

***

Jade vio a Walter en una fiesta y era evidente que tenía demasiado para beber.

"¿Cómo está el *estadista*?" gritó Walter desde el otro lado de la habitación.

Jade no había hablado con Walter por meses, desde la transacción. Jade tiró de Walter hacia un lado.

"¿Dónde está Isabel? Necesito saber que ella está en buen mantenimiento. Quiero estar seguro de esto," dijo Jade. Walter soltó un bufido, el vino de olor rancio chisporroteó de su boca y se pegó a su raído bigote.

"Cuando preguntó si estaría bien, te dije que *usted* estaría bien... y que parecía ser suficientemente bien para usted." Walter continuó a reír. Jade agarró a Walter por el cuello.

"¡Reúnete, hombre! ¿Qué le pasó a ella? "Dijo Jade.

Walter se arrancó de las garras de Jade.

"Bueno, puedo decir que es importante para ti vivir en un estado de negación; por lo tanto, voy a ofrecer dos escenarios. El

97

primero, después de que le dijeran que nunca volvería a contactarlo, tuvo un hijo y ahora limpia casas en la ciudad. Opción dos: cinco gamberros se salieron con la suya, antes de cortarse la garganta," dijo Walter.

Jade se tambaleó hacia atrás, buscando una superficie. Encontró una silla y se cayó.

"No quería esto, solo quería que se fuera".

Walter le sonrió.

"Amigo, ¿a quién estás tratando de convencer? ¿Tú mismo? No te importó más de ella de lo que te preocupabas por ti. Comparado con el tuyo, su vida no tenía sentido, ¿verdad? Piénselo: ¿el mundo realmente está mucho peor sin ella? ¿Puede el país no prescindir de otro sirviente para vestidos de dobladillo, ajustar los corsés, y derramar las bebidas? Tenías demasiado que perder," dijo Walter.

Jade se recompuso, se miró al espejo durante un largo rato y luego se sacudió bruscamente.

"Tienes razón, Walter. Ella solo era una sirvienta que estaba decidida a derribarme. He trabajado demasiado para llegar aquí solo para dejarlo todo, ¿para qué? ¿Quién no hubiera hecho lo que yo hice?" preguntó Jade, esperando la tranquilidad que sabía que Walter le daría ansiosamente.

"Lo importante ahora es olvidarse de ella y seguir adelante. Nadie lo descubrirá nunca…" Walter se colocó detrás de Jade, colocó ambas manos sobre sus hombros y sonrió. Jade nunca habló o pensó en Isabel de ese día en adelante.

***

Después de reflexionar, Jade sabía que Walter era un demonio. Walter fue quien lo persuadió para tomar la decisión que lo hizo perder su salvación. Por primera vez en siglos, los ojos de Jade se humedecieron cuando se dio cuenta de lo fácil que había sido engañado. Podía sentirse cada vez más débil. La desesperación sobre la que Azul le advirtió estaba comenzando a establecerse. Jade era lo suficientemente inteligente como para comprender que todos los recordatorios de su vida pasada y las decisiones que lo llevaron al Infierno tuvieron que ser eliminados. Jade tomó la fotografía y la miró una vez más. Su enojo se hizo más intenso mientras su mano arrugaba involuntariamente la imagen de Sarah.

"Por tanto, no desmayamos; antes aunque este nuestro hombre exterior se va desgastando, el interior no obstante se renueva de día en día." 2 Corintios 4:16-18

Capítulo Catorce

Refundación

Steven extrañó más el cielo cada día. A veces era difícil continuar su misión. El ambiente solo estaba filtrándose y corrompiendo sus pensamientos, pero sabía la importancia de seguir adelante. Parecía que en todas partes se volvía, veía demonios, y la idea de tener que caminar continuamente entre ellos lo enfermaba. Él ni siquiera había estado en la tierra por mucho tiempo y ya había encontrado el pecado y la muerte. Irónicamente, él ni siquiera había conocido a Sarah, y su determinación disminuía. Steven sabía que su reunión con Carlos no era casualidad. Tenía que ser parte del plan de Dios. Su familia reforzó para él que la gente tenía esperanza y mantenía un fuerte sentido de fe en las situaciones más desesperadas. Steven ahora entendía que la menor cantidad de fe era algo con lo que podía trabajar. Sin embargo, Steven tenía plena conciencia de que mantener la fe era una lucha constante que vivía en el dominio del demonio. El bombardeo constante de pensamientos y tentaciones disponibles para alejar a los humanos de Dios no tenía límites y proteger sus almas contra el pecado sería una batalla interminable. Steven necesitaba volver a enfocarse en su misión. Carlos fue suficientemente bueno para ayudar a Steven a localizar a Sarah.

"Gracias por quedarte con nosotros anoche. Realmente significó mucho para mí y para mi mamá," dijo Carlos.

"Gracias por ser tan amable. Me ayudaste más de lo que nunca sabrás," respondió Steven mientras apoyaba su mano en el hombro del niño y lo tomaba en sus brazos.

Para Carlos, fue difícil alejarse. Este extraño le mostró más amabilidad que la mayoría de su familia. Aunque Carlos sabía que nunca volvería a ver a Steven, recordaría su bondad a lo largo de su vida.

Steven llegó afuera del edificio de Sarah. De repente se dio cuenta de que no había desarrollado un plan sobre cómo se acercaría a ella. Steven supuso que una vez que se presentará a ella, ella estaría dispuesta a conversar con él. Eso es lo que ocurrió con Carlos. Steven no había considerado exactamente cuánto valoraban las apariencias de las personas en este mundo. A pesar de que estaba limpio, encontró ropa desparejada una caja de donación de la iglesia. Tan pronto como entró en el lobby principal, varias personas lo miraron como si no perteneciera.

"Hola, estoy aquí para ver a Sarah Michel, ¿está disponible?" preguntó Steven cortésmente.

El conserje de recepción miró a Steven arriba y abajo.

"¿Y cómo conoce a la Sra. Michel?"

"Soy un viejo amigo de ella," respondió Steven.

"Solo un momento, veré si está disponible."

Justo entonces, la puerta del elevador se abrió al otro lado del lobby. Steven podía sentir que era ella incluso antes de salir, con un teléfono celular en la oreja. Steven se acercó a ella con cautela.

"Sarah..." Steven se aseguró de que su voz fuera lo suficientemente fuerte para escuchar.

Sarah se estremeció. Ella lo estudió de pies a cabeza, y su labio se curvó en una mueca de disgusto. El era moreno oscuro, esbelto y alto, pelo espeso, con una perilla pequeña. Tenía la camisa más extraña teñida anudada y unos pantalones toscamente ajustados que no le llegaban a los tobillos. Sarah pensó que podría ser atractivo, si no fuera por su elección de atuendo.

"¿Quién eres?" exigió ella mientras retrocedía un paso.

"Sarah, necesito hablar contigo. Es muy importante," dijo Steven mientras alcanzaba su mano.

Antes de que sus dedos tocasen su mano, un fornido guardia de seguridad tenía sus manos agarradas alrededor de los hombros de Steven, reteniéndolo.

"¿Conoces a este caballero?" preguntó el guardia.

"¡Por supuesto que no!" Sarah gritó, "¿No es obvio que no tiene hogar?"

Los guardias levantaron a Steven y lo escoltaron afuera.

"Señor, no se le permite estar en las instalaciones sin la aprobación directa de la Sra. Michel.".

Steven se preguntó cómo sería capaz de acercarse a ella. ¿Cómo podía esperar que Sarah escuchara si él nunca tuvo la oportunidad de hablar con ella? Steven vio a Sarah subir a un automóvil de la ciudad. Señaló un taxi y lo siguió.

"Mira, yo he puesto delante de ti hoy la vida y el bien, la muerte y el mal."
Deuteronomy 30:15

Capítulo Quince

Agenda Oculta

Cuando Sara llegó a la oficina, Shiloh le entregó un paquete.

"Esto fue entregado esta mañana".

Sarah fue a su oficina y cerró la puerta. Ella abrió el paquete y había otro paquete sellado adentro con una carta doblada. Un disco pequeño se cayó. En el exterior decía: "Míralo más tarde." Sarah lo colocó en su escritorio y leyó la carta:

Estimada Sra. Michel:

Las imágenes adjuntas son archivos secretos extraídos de Future Intellect, Inc. Si quieres saber de qué se trata todo esto, llame al número detrás de esta carta.

Sarah se molestó, pero abrió el paquete de todos modos. Había imágenes horribles de cuerpos desmembrados. Luego, había una sola fotografía de unos pocos científicos y lo que parecía ser

DeAmato junto a una esfera de tamaño mediano. Sarah pensó que era una broma pesada, pero mantuvo la compostura.

"Sally, ¿quién trajo este paquete aquí?" preguntó Sarah enojada.

"Dijo que era de Future Intellect, y si tenías alguna pregunta solo para llamar al número dentro. Él fue muy amable. "Respondió Shiloh.

Sarah cerró la puerta y llamó al número.

"Sra. Michel, estaba esperando tu llamada."

"Escucha, monstruo, si estás tratando de jugar juegos- "

"Te aseguro, señorita Michel, esto no es un juego."

El caballero le dio el lugar de la reunión y Sarah se salió inmediatamente de la oficina.

***

Sarah llegó a un motel ruinoso en una autopista en el sur de Maryland. Ella estaba un poco asustada; pero de alguna manera, el miedo no pudo evitar que descubriera qué estaba pasando con su propuesta. Ella tocó la puerta 154, y se abrió. De pie en la puerta estaba el extraño indio de la presentación Future Intellect.

"Por favor entra," dijo.

Sarah entró cautelosamente y se sentó a la mesa.

"Mi nombre es Bartesh, y soy ingeniero principal para Future Intellect. Me especializo en Termodinámica."

" ¿De qué diablos es esto?" dijo Sarah mientras deslizaba las fotos sobre la mesa.

"Sra. Michel, esto es lo que Future Intellect, Inc. realmente hace... "

En ese momento, un pequeño caballero coreano salió del baño.

"Este es Daniel. Él fue quien tomó estas fotos. Él trabaja en el Departamento de Servicios Ambientales Especiales. Es una forma elegante de decir limpieza. Es el tipo de 'limpieza' que hace lo que voy a contarle espantoso," dijo Bartesh.

"Entonces, ¿me estás diciendo que esta compañía está de alguna manera involucrada en el asesinato de estas personas? ¿Por qué? ¿Cómo?"

Bartesh acercó su silla a Sarah y comenzó a hablar.

"Sé que es muy difícil envolver tu mente. Me sentí de la misma manera hace unos meses cuando Daniel me mostró esas fotos. El prototipo que viste en la presentación es solo uno de los invenciones en los que hemos estado trabajando. Mi compañía está realmente involucrada en un negozio mucho más polémico: armas de guerra.

"¿Esperar lo? Armas de guerra? No creo esto. Si esto fuera cierto, ¿cómo no podrías saberlo? ", Preguntó Sarah.

"Tienes que entender la cultura de Future Intellect" dijo Bartesh. "Esta compañía se vende como un grupo de expertos y recluta a las mejores mentes de todo el mundo. Ofrecen a los jóvenes científicos e ingenieros sueldos de seis cifras para sentarse en un laboratorio de vanguardia, con todo lo que podríamos necesitar al alcance de la mano, y decirles que reflexionen sobre lo imposible. Nuestro único trabajo es contemplar formas realistas de hacerlo posible. Hay grandes incentivos para hacerlo: vacaciones de lujo y bonificaciones insanas. Nunca nos tomamos el tiempo para pensar sobre las implicaciones morales y éticas de lo que hicimos. Para nosotros, éramos solo un grupo de geeks haciendo lo que amamos: resolver problemas. Todo en Future Intellect está separado. Las personas de ideas están separados de los constructores. Los constructores están separados de los probadores. Y nadie tiene idea de cómo la administración planea usar el producto final. La compañía ubica a los diseñadores en equipos y fomenta un ambiente febrilmente competitivo. Se había vuelto tan competitivo que veríamos a nuestros colegas en diferentes equipos como nuestros enemigos. Mirando hacia atrás, fue una estrategia brillante para la compañía, y tan inteligente como todos, la compramos. No consideramos lo que estábamos creando; sinceramente, no nos importó. Si era un arma, tenía que ser más diabólico que cualquier cosa que el otro equipo pudiera teorizar. Básicamente, si tuvieras nuestras armas, ganarías. Punto. Hace unos años, acusaron a mi equipo con la tarea de diseñar un arma menos devastadora para el medio ambiente, pero que aún tenía la capacidad de matar en masa. Después de pensar durante meses, pensamos que era mejor pasar de los explosivos todos juntos. Sabemos que a unos 125 grados Fahrenheit tus músculos comenzarán a derretirse. Y alrededor de

130 grados Fahrenheit, el cuerpo humano puede licuarse. Para fundir el acero, a menudo utilizado en el marco estructural de los edificios, el calor debe ser de al menos 2750 grados Fahrenheit. Además, el concreto requiere miles de grados para desmoronarse y romperse. Posiblemente, un láser calentado hasta cierto punto podría cortar fácilmente tejido y músculo humanos, pero no estaría lo suficientemente caliente como para causar daños reales a los edificios y otras propiedades. Los láseres se utilizan para cortar en medicina todo el tiempo, ¿por qué no armas? El arma que creamos era el Annihilator. Es una esfera que se puede controlar de forma remota y suspendida, similar a la tecnología de drones. No es muy grande, pero no tiene que ser así. El arma es porosa alrededor del centro de su cuerpo y emite energía láser extremadamente caliente. Una vez que el Annihilator se coloca en una pequeña ciudad o pueblo, no hay escapatoria. La bola dispersará el láser calentado y girará rápidamente, cortando todo a su paso. La peor parte es que la esfera libera una feromona que paraliza a una persona durante 15 minutos, dejándola sin poder correr. Luego se pone a trabajar.

Sarah estaba desconcertada.

"¿Entonces la misma tecnología en la presentación es la misma tecnología que se usa en esta arma?"

"Sí..."

"¿Qué quieres que haga? ¿Por qué me estás diciendo todo esto?" dijo Sarah.

"Su empresa es una de las más reconocidas en el mundo. Su empresa legitimará el trabajo que se está haciendo aquí, además de darnos los fondos necesarios para continuar construyendo el arma. Lo que DeAmato no pudo contarle es hace un año que comenzamos a reunirnos con funcionarios del gobierno en Francia y Gran Bretaña para ver si el Crime Halter podría ser implementado por sus fuerzas policiales y militares. Se filtró información sobre el aparato y varios grupos de defensa cuestionaron el uso ético de este aparato para los civiles. Pero esta discusión ha pasado desapercibida. Solo unas pocas agencias de noticias independientes han informado al respecto. No hace falta decir que DeAmato está corriendo contra el tiempo. Él necesita el apoyo de una compañía conocida que trabaja estrechamente con el gobierno de los Estados Unidos para legitimar y producir masivamente el Crime Halter. DeAmato ha financiado la investigación y el diseño del Crime Halter y el propio Annihilator, pero se iría a la quiebra si lo produce en masa. Una vez que tenga ingresos de este aprato, la investigación continuará en el Annihilator - el prototipo se encuentra en su tercera fase de producción. DeAmato está dispuesto a vender esta arma al mejor postor. No le importa menos quién lo consigue o qué hará esta arma. He estado esperando el último año en el último paso. Él quiere que el láser se extienda por lo menos 10 millas. He limitado el láser a 1.5 millas. Pero la tecnología está ahí para que el rayo sea más largo. Es solo cuestión de tiempo antes de que él me reemplace en el proyecto y encuentre a alguien que descubra cómo hacerlo más rápido."

Sarah se sintió abrumada por la información que estaba escuchando. Continuó mirando las fotos de las personas que fueron descuartizadas y luego la cara sonriente de DeAmato, y se preguntó egoístamente por qué tenía que ser ella la que tenía que lidiar con esta información.

Bartesh supuso que se sentía como lo hizo una vez cuando descubrió la verdad.

"Yo era como tú", confesó Bartesh. "Estaba feliz de no saber nada de lo que estaba pasando. Simplemente estaba orgulloso del trabajo que mi equipo completó. Nosotros fuimos inventores. Eramos solucionadores de problemas e íbamos a ser ricos. No éramos políticos, legisladores o filósofos: éramos científicos. Nuestra responsabilidad comenzó con una pregunta y terminó con la búsqueda de la respuesta. No era nuestro trabajo pensar cómo se usaría nuestra creación. Al igual que un cuchillo corta el pan, también puede cortarse la garganta. ¿No deberíamos crear un cuchillo porque tiene el potencial de dañar a alguien? Este razonamiento no tiene sentido para mí. Me dije que el Annihilator nos ayudaría a ganar guerras y preservar la libertad que nuestros enemigos amenazaban todos los días. Así viví conmigo hasta que Daniel me encontró en el estacionamiento de nuestro edificio. Habíamos trabajado por la misma compañía durante años y nunca nos conocimos, él solo sabía que yo era ingeniero por mi insignia. Cuando me mostró las fotos y me dijo cuáles eran sus deberes laborales, no podía creerlo. Me enfermé del estomago. Me resistí a la idea por un tiempo, pero sabía que tenía que tomar una decisión. Yo era responsable."

Tengo que ir al baño por un segundo y componerme," dijo Sarah.

Ella entró al baño y comenzó a lavarse la cara. Ella se miró en el espejo. Esto era demasiado grande para ella. Ella era solo una persona. Ella no podría detener a DeAmato. Estaba tan bien conectado que finalmente obtendría lo que quería. En el proceso, él la desacreditaría. Él diría que Bartesh y su equipo actuaron solos. Encontraría una salida. Al final, ella sería como cualquier otra persona que tratara de tomar una posición: perdería todo y aún nada cambiaría.

De repente, escuchó un fuerte golpe en la puerta principal. Escuchó una voz que no reconoció y Bartesh respondió: "Aquí no hay nadie más". Oyó dos disparos amortiguados y el ruido de papel. Sarah se quedó callada, pero oyó que la voz decía: "Mira el baño".

Sarah entró en pánico mientras luchaba por levantar la ventana. Ella utilizó toda su fuerza, pero la ventana no se movió. Pudo ver que el pomo de la puerta se sacudía y luego la puerta se sacudió violentamente. La ventana finalmente se abrió, dándole el tiempo justo para salir del pequeño espacio antes de que el hombre pateara la puerta. Sarah corrió. Ella gritó cuando se volvió y vio a dos hombres de negro persiguiéndola. Uno de los hombres le disparó y falló. Sarah dobló bruscamente un callejón y Steven, que la había estado siguiendo toda la noche, corrió en su dirección. Él derribó a Sarah al suelo y tiró de ella detrás de un contenedor de basura. Él cubrió la boca de Sarah. Ella respiraba pesadamente mientras trataba de liberarse de la presión que tenía. Él retiró su mano.

"¡No grites! Soy Steven. Te vi antes, y te seguí aquí. Por favor, cálmate. Puedes confiar en mi. "

Steven la dejó ir y le dio la espalda momentáneamente para ver si los hombres estaban cerca. Cuando se giró, Sarah se había desviado en la otra dirección. Él se puso de pie y corrió tras ella. Los dos hombres la interrumpieron. Uno de los hombres la agarró, la golpeó en el estómago y la hizo dejarla inconsciente. El otro hombre sacó una pistola y se la apuntó a la cabeza. Estaba a punto de apretar el gatillo cuando Steven se precipitó sobre él, llevándolo al suelo. El arma se deslizó por el pavimento. El otro hombre apuntó con su arma a Steven, quien estaba luchando con el compañero del hombre en el suelo. El hombre con la pistola esperó un tiro limpio. Steven, luchando por proteger su cuerpo, gritó a todo pulmón: "¡DIOS AYUDA A NOSOTROS!"

Con un rayo, Josiah sacudió el suelo al entrar. El impacto creó un violento terremoto que obligó al pistolero a arrodillarse. Mientras luchaba por recuperar el equilibrio, el pistolero disparó varios tiros cuando Josiah se acercó pero fue en vano. Ninguna bala podría penetrar su armadura celestial. Josiah agarró al pistolero por el cuello y lo levantó en el aire. Su fuerte complexión muscular no proporcionó resistencia contra la fuerza sobrenatural del ángel. Josiah colocó sin esfuerzo su cuerpo rechoncho en el cemento de abajo, rompiendo el pavimento que rodeaba su cuerpo. Asustado por lo que vio, el otro hombre corrió tan rápido como pudo lejos de Josiah. Sin previo aviso, Josiah extendió sus enormes y majestuosas alas y se elevó al aire. En estado de shock y asombro, el hombre se horrorizó cuando Josiah voló sobre sus cabezas. Transfigurado en la figura angelical sobre él, el hombre se encontró con el tráfico que se aproximaba y murió instantáneamente. Josiah se abalanzó sobre Steven, que yacía allí sin poder hacer nada.

"¿Estas bien? Jesús me envió a protegerte. "

Josiah miró a Sarah que todavía estaba inconsciente, luego miró a Steven que estaba temblando. Josiah tuvo una idea inmediata de cuán desafiante sería la misión de Steven.

"Rezaré por ti, mi hermano," susurró.

Josiah oyó las sirenas. Expandió sus alas y tan rápido como llegó, volvió al cielo.

"Por tanto, si tu ojo derecho te es ocasión de caer, sácalo, y échalo de ti; pues mejor te es que se pierda uno de tus miembros, y no que todo tu cuerpo sea echado al infierno. Y si tu mano derecha te es ocasión de caer, córtala, y échala de ti; pues mejor te es que se pierda uno de tus miembros, y no que todo tu cuerpo sea echado al infierno." Matthew 5:29-30

Capítulo Dieciséis

Blanco o Negro

Cuando Sarah abrió los ojos, estaba en la cama de un hospital con una vía intravenosa en el brazo. . Ella no podía recordar mucho de nada. Ella estaba débil pero logró sentarse. Steven estaba durmiendo incómodamente en la silla junto a ella. Sarah lo miró e intentó descubrir cómo encajaba en todo esto. Los ojos de Steven se abrieron y vio a Sarah mirándolo en silencio.

"Estás despierto," dijo Steven.

"¿Quién eres?", Preguntó Sarah mientras un dolor agudo le recorría la mandíbula.

"Mi nombre es Steven. Hace tres días, fuiste atacado. Estuve allí e intervine."

Sarah recordó. Fue perseguida y golpeada después de que

Bartesh le proporcionara información. Una enfermera entró y vio que estaba levantada y le tomó la temperatura.

"¿Cómo te sientes?", Preguntó la enfermera.

Sarah asintió lentamente.

"Bueno, si estás preparado, dos detectives están aquí para verte." dijo la enfermera.

Cuando los detectives entraron, Sarah se sintió incómoda y no estaba preparada.

"Hola, Sra. Michel. Soy el Detective Ransome y este es el Detective Staller, solo queremos hacerle algunas preguntas sobre lo que sucedió hace unos días.

Sarah asintió, y los detectives tomaron asiento.

"Bueno, Sra. Michel tres personas están muertas. Uno está paralizado, y el motel donde fue visto por última vez se incendió. ¿Podrías ayudarnos a reconstruir exactamente lo que sucedió? ¿Por qué estabas en un motel tan lejos de DC? "

Sarah mintió:" Bueno... me estaba encontrando con... Steven, solo para salir de la ciudad, cuando fui atacado por dos hombres. Fui noqueado... No recuerdo mucho después de eso. "

El detective miró sospechosamente a Sarah, y luego se volvió hacia Steven. "¿Podrías corroborar esto?"

Steven miró a Sarah, quien lo puso en una posición muy incómoda. Él tampoco mintió exactamente, pero practicó una omisión cuidadosa.

"Sí, nos estábamos reuniendo, y vi a dos hombres perseguirla. Traté de rechazarlos cuando otro hombre salió en nuestra defensa, pero no pude ver su cara. "

" ¿Este hombre era un *ángel*? ", Preguntó el detective.

El corazón de Steven cayó, sorprendido de que incluso supiera hacer la pregunta.

"¿Qué quieres decir?" preguntó Steven.

"Bueno, uno de tus atacantes, que ahora está paralizado, fue admitido en el pabellón de Psicología después de despotricar continuamente sobre un ángel que rompió su espalda. No tenía identificación, y ha sido incoherente por un tiempo. Los detectives se rieron entre dientes, y luego le dieron una tarjeta a Sarah.

"Si recuerdas algo más, llámanos. Continuamos con esta

investigación," dijo el detective mientras inclinaba su sombrero y seguía a su compañero por la puerta.

"¿Por qué estabas realmente en el motel?" preguntó Steven, enojado porque ella lo incorporó a su mentira.

"Estoy cansada...", respondió Sarah.

Steven la agarró por el hombro, obligándola a mirarlo.

"¿Por qué mentiste?" preguntó Steven de nuevo.

Sarah solo lo miró. Ella sabía ahora que esta gente era peligrosa. Lo último que ella quería era la participación de la policía.

***

Durante los siguientes días, Steven y Sarah se unieron. Se preguntó por qué parecía tan dedicado a ella, pero estaba contenta de que él estuviera cerca porque no tenía a nadie más.

El teléfono celular de Sarah sonó varias veces. Fue su madre. Steven le dio el teléfono, pero ella negó con la cabeza.

"Apaga el teléfono," dijo Sarah.

"¿No quieres decirle a tu madre cómo estás? Estoy seguro de que está preocupada," respondió Steven.

Los ojos de Sarah estaban medio cerrados.

"Lo último que me importa es mi madre..." dijo.

"¿Cómo puedes decir eso sobre tu madre, Sarah?"

"¡Puedo decir eso porque durante años, ella nunca se preocupó por sí misma y ciertamente no por mí!" Los ojos de Sarah comenzaron a aguar con facilidad simplemente hablando de su madre. "No tienes idea de lo que he pasado, y solo porque tiene el título de 'madre' no la hace una buena."

Steven quería ahondar más, pero pensó que sería mejor dejarlo solo por el momento. Por sorpresa, Sarah continuó voluntariamente.

"Tendría once años..." murmuró Sarah mientras sus ojos se volvían hacia la ventana.

"¿Qué quieres decir?" preguntó Steven.

Sarah se giró para mirarlo y las lágrimas corrían por su rostro.

"¡Se fueron y es su culpa!"

En ese momento, su mente viajó once años atrás. Sarah era una recién casada y estaba en su noveno mes de embarazo.

"Sentí las contracciones. Ya era hora. "Pronunció reviviendo el momento.

"Practicamos el ejercicio muchas veces. Mi marido, Thomas, normalmente habría sido el conductor, pero se había roto el brazo unas semanas antes y no podía conducir con el reparto. Entonces, le preguntamos a mi madre, que me juró que no había estado bebiendo ese día, y que no había tiempo para interrogarla. Subimos al automóvil y nos dirigíamos hacia el hospital cuando se desvió hacia el tráfico que se aproximaba. Sucedió tan rápido.

"Momentos antes, Thomas sentado en el frente, se giró hacia mí y me tomó de la mano mientras hacía chistes para quitarme la mente del dolor. Un auto nos golpea y hace que nuestro auto gire fuera de la carretera por la ladera. No se puso el cinturón de seguridad, porque se quejó de que hacía que su brazo se sintiera aún más restringido. Le dije que se lo pusiera, ¡siempre fue tan terco! Recuerdo que me arrastré fuera del automóvil y vi sangre en todas partes. ¡La sangre empapó mi suéter blanco y rezaba para que fuera mi sangre! Recé para que mi bebé estuviera vivo.

"Cuando finalmente llegué al hospital, me dijeron que mi hijo y mi esposo se habían ido, ¡le supliqué a Jesús que los trajera de regreso! Mi vida ya no tenía un propósito sin ellos. En cambio, como una broma enferma, Dios permitió que mi madre, un borracho, continuara viviendo. La peor parte es que mi madre solo pasó dos años en la cárcel. Ella dejó de beber y 'encontró' a Dios otra vez, pero desafortunadamente, eso no trae de vuelta a mi hijo por nacer y el amor de mi vida. Ahora que ella es una 'pergamino sagrado', quiere ser madre después de haber estado ausente la mayor parte de mi vida.

"En cuanto a Dios... Él realmente no ha hecho nada por mí, excepto llevar las únicas cosas que importaban, ¿para qué... una lección? ¿Fue la muerte de mi esposo y mi hijo aparte de eso, tonterías de "todo sucede por una razón"? ¿Por qué nadie puede descubrir la razón?

Steven no sabía de qué decir. Su pregunta parecía retórica, pero parecía estar esperando una respuesta. Steven estaba a punto de decir algo, pero Sarah lo interrumpió.

"La razón no existe. Si la pérdida de mi hijo fue parte de su plan más grande... no quiero ser parte de eso."

Steven estaba profundamente entristecido por su historia y ahora veía lo desesperada que era. La rabia y el dolor se profundizaron en Sarah. Solo se preocupaba por ella misma porque creía que "ella misma" era todo lo que tenía. Era obvio que ella sentía que su madre y Dios la habían abandonado. Steven normalmente hubiera orado por guía. Pero el no lo hizo. En cambio, sostuvo fuertemente la mano de Sarah. Él vio las lágrimas correr por su rostro y las limpió suavemente. Steven vio que Sarah cerraba los ojos y notó que apretaba con más fuerza su mano delgada.

***

Cuando llegaron al edificio del apartamento de Sarah, Steven dudaba de poner un pie dentro. Todavía tenía moretones por la pelea con los guardias de seguridad. Sarah, sintiendo su incomodidad, agarró su mano y caminó con él adentro. Steven vio que la gente lo miraba mientras se dirigían hacia los elevadores.

Cuando entraron al apartamento de Sarah, estaba frío y con corrientes de aire.

"Debo haber dejado una ventana abierta..."

Steven se sentó en el sofá y esperó pacientemente a Sarah. Sonó el teléfono de la casa y Sarah lo recogió en su habitación.

"¿Hola...?", Respondió Sarah.

"Hola, Sarah, te llamé y dejé varios mensajes," dijo DeAmato.

Sarah se sintió muy intranquila al hablar con él, pero disimuló con calma su miedo.

"¿Estabas preocupado por mí?" respondió Sarah.

"Oh, sí, Sarah. Asistí a dos funerales esta semana ... No quería asistir a otro. Me di cuenta de que cuando las personas intentan ser héroes, parece que la muerte los encuentra... ¿Espero que no estés pensando en tratar de ser una? "

" ¿Es una amenaza, Sr. DeAmato?" preguntó Sarah.

"No, Sarah, por supuesto que no. Es meramente una observación. ¿Viste el regalo que te dejé? "

" No... "dijo Sarah cautelosamente.

"Está en tu cama". DeAmato respondió.

Sarah estaba asustada. DeAmato o uno de sus hombres

había estado en su departamento. Ella miró y vio una tarjeta "Get Well". En su interior decía:

Querida Sarah:

¡Ponte muy bien! Tu presentación es en una semana. ¡No permitas que la nueva información te impida hacer la presentación de tu VIDA!

Sarah cerró la tarjeta.

"Gracias por la tarjeta..." dijo Sarah.

"No, gracias Sra. Michel por lanzar agresivamente nuestro concepto a sus empleadores... me aseguraré de asistir a la presentación y proporcionarle toda la motivación necesaria para ejecutar un envío impecable."

Sarah colgó el teléfono.

"¡Maldición!" Ella gritó.

Steven entró corriendo a su habitación.

"¿Qué sucede?", preguntó Steven con preocupación en su voz.

Sarah se enorgullecía de ser más inteligente que la mayoría, con una capacidad innata para resolver las cosas por sí misma. Siempre podía encontrar esa zona gris, por pequeña que fuera, que dejaba a ambos lados satisfechos, o al menos la dejaban sin culpas. En secreto, así es como ella ascendió en la escala corporativa, logrando nunca ofender a nadie que importara, incluso en las circunstancias más delicadas. Pero la situación en la que se encontró no tenía un área gris. Era negro o blanco. Un lado tenía que ser elegido. Ella necesitaba saber lo que otra persona haría en su posición.

"Sí, sí... estoy bien..." dijo Sarah mientras lo miraba.

"¿Alguna vez has estado en una situación en la que no estás seguro de qué hacer?", Preguntó.

"Bueno, lo correcto debería ser obvio, a menos que haya algo más que se interponga en el camino," dijo Steven.

"¿Qué pasa si tu vida es lo que está en el camino de la decisión correcta? ¿Qué pasa si tu vida está en equilibrio?" preguntó

Sarah.

Steven se apartó y la miró profundamente a los ojos.

"¿Te enfrentas a esa decisión ahora?" preguntó Steven.

Los ojos de Sarah comenzaron a llorar, y ella lo abrazó. Steven la abrazó y notó su respiración pesada.

"Ya no sé qué es lo que sube o baja, Steven; las únicas cosas que son reales son las cosas que tengo enfrente.

Sarah no entendía la amistad con un hombre. Eventualmente, la mayoría de sus relaciones masculinas se volvieron sexuales.

Sarah comenzó a besar a Steven. Steven fue tomado completamente por sorpresa y estaba indefenso contra sus avances. Sin duda se sentía atraído por ella, y al verla por primera vez, los sentimientos de lujuria se infiltraron en sus pensamientos. Sarah se quitó la camisa y comenzó a desabrocharse los pantalones de Steven. Steven estaba atrapado en el momento y sintió que no quería resistirse. Sarah lo empujó sobre la cama y se sentó a horcajadas sobre él.

Parecía que no había hecho esto en mucho tiempo y eso atraído por Sarah más. Ella movió sus manos donde quería que estuvieran. Steven se volvió más agresivo en el momento y comenzó a besar el cuello de Sarah.

"Te quiero dentro de mí..." Sarah le susurró al oído.

De repente, Steven se detuvo.

"Espera... Espera... ¡Esto no puede suceder!"

Steven sabía que Sarah había comparado el sexo con la comodidad. Era algo que solía hacer para sentirse mejor cuando no estaba segura de qué más hacer. Fue solo una solución instantánea. Steven no podía aprovecharse de Sarah de esta manera. Lo único que ella necesitaba era Dios. Sarah lo miró y comenzó a llorar. Steven la abrazó y la abrazó. Eso es todo lo que ella necesitaba. En ese momento Sarah se sintió tan amada. Apoyó la cabeza en el pecho de Steven y pensó en su marido. Ella se sentía segura. Los dos se fueron a dormir.

***

Steven se despertó y Sarah todavía descansaba pacíficamente sobre su pecho. Las imágenes del cuerpo y los labios de Sarah continuaron reproduciéndose en su mente. De repente, Steven recordó su propia salvación. Desde que había estado con Sarah, había estado fuera de contacto con Dios, y pensamientos lujuriosos nublaron su mente. Se movió con cuidado de debajo de ella y se arrodilló junto a la cama. Él comenzó a orar fervientemente. Él no podía escuchar nada. Se levantó de un salto y miró por la ventana. ¡Todos parecían humanos! El estaba preocupado. Antes, no podía caminar por la calle sin ver al menos un demonio en cada esquina. ¡Ahora no podía ver ninguno! Steven se dio cuenta de que estaba perdido. Se puso frenético y comenzó a sudar.

El sonido de Steven caminando de un lado a otro despertó a Sarah. Ella lo vio e inmediatamente se asustó por su comportamiento. Ella solo sabía que tenía algo que ver con eso.

"¿Soy yo?" preguntó con aprensión.

Steven agarró a Sarah por los brazos y le acarició la cara.

"No, no, no eres tú... ¡Eres hermosa! ¡Pero creo que me equivoqué!"

Sarah parecía confundida por la declaración de Steven, pero se sintió obligada a cubrir su cuerpo medio desnudo.

"¡Escúchame! Si nunca escuchas nada en tu vida, escucha esto: ¡Dios es REAL! ¡Él es tan, tan, REAL! "Steven se sentó a su lado y la tomó de las manos. Mientras hablaba, cada palabra sonaba como si fuera a llorar.

"La vida de su hijo y su esposo nunca fue suya, sino de Él. Tú y yo somos de Él... TODO es de Él. ¡Todo lo que somos está enraizado en Él y todo lo que hacemos debe ser para la gloria de Él!"

Sara se aferró a cada palabra. Ella nunca había visto a alguien tan apasionado por su fe. Esto fue diferente Steven habló como un hombre que había hecho más que estudiar, escuchar o investigar ... Hablaba como un hombre que tenía conocimiento personal. Habló con tanta confianza y convicción de que no hubo debate. No hubo perspectivas alternativas. No opiniones... Solo escuchando.

Steven comenzó a mirar alrededor de la habitación ordenada de Sarah y todas sus cosas. Él parecía enojado.

"¡Nada de esto importa! ¡Nada de eso! Estas cosas que tienes, estas cosas que has reunido... todo es inútil. Dime, Sarah, ¿qué es más valioso: tener todo lo que puedas desear, o tener lo único que necesitas?"

Sarah, todavía callada, de repente se sintió avergonzada. Se había enorgullecido de todo lo que la rodeaba. El discurso de Steven la hizo sentir tan estúpida.

"¿No lo entiendes? Es como si Dios nos hubiera dado una multa. Nos dijo que nos aferráramos a ese boleto. Nos mostró cómo proteger ese boleto e incluso cómo restaurar un boleto dañado. Luego nos dijo que todos necesitaríamos ese boleto. Pero muchos de nosotros ya hemos cambiado el boleto por todo lo que pudiéramos querer. Se acerca el momento en que cada uno de nosotros tendrá que presentarse ante Dios y presentar ese boleto. Ese boleto es la ÚNICA moneda aceptada para ingresar al ÚNICO lugar que haya importado. Entonces Sarah... ¿Dónde está tu boleto?"

Sarah no esperaba esa pregunta. Ella estaba atrapada. Inseguro de si algo que él había dicho tenía sentido para ella, Steven se agachó al suelo y lloró. "¡Te he fallado, padre!" pronunció Steven.

Sarah también lloró y quería consolarlo. Ella instintivamente envolvió sus brazos alrededor de sus hombros y pensó en todo lo que él dijo, y la imagen del boleto siguió rondando su mente.

Steven olió su dulce perfume y, por un momento, disfrutó la comodidad que dio. Si él hubiera estado orando y escuchando a Jesús, él habría sabido exactamente qué decirle a Sarah que la guiaría a la decisión correcta. Steven pensó que probablemente parecía un loco fanático religioso, y la corazón de Sarah probablemente estaba bloqueando sus palabras. Rápidamente se alejó de ella, entendiendo ahora que su *propia* salvación estaba en peligro. Ofreció el último consejo que su corazón pudo reunir.

"Cuando tengas dudas o estés en peligro, simplemente llama a Jesús. Él te ayudará a ver y escuchar la verdad cuando necesites claridad."

Steven abrió la puerta y Jade estaba parada allí. Steven y Jade se miraron por alrededor de un minuto. Steven estaba inconciente de la verdadera naturaleza de Jade. Él no podía ver. Steven se volvió hacia Sarah.

"Por favor recuerda llamarlo. Estamos en guerra espiritual."

Steven salió corriendo por la puerta y por el pasillo. Jade lo miró y escuchó. Y se preguntó por qué diría "guerra espiritual". Para Jade, era algo muy extraño para un humano decir. ¿Era él como Azul? Él reflexionó.

Jade grabó su rostro en su mente antes de notar a Sarah llorando incontrolablemente.

"Sarah, ¿estás bien?" preguntó Jade.

"Jade, estoy perdido... Mi fe en Dios solía ser tan fuerte. Un hombre que me mostró la mayor amabilidad y protección que he sentido desde que mi esposo falleció salió corriendo por la puerta porque se sintió menos conectado con Dios por un momento. Y aquí estoy cuestionando si Dios es real. ¿Por qué?" Sarah le suplicó que respondiera.

Jade miró a Sarah y necesitaba decir exactamente lo correcto para mantener su mente fuera de Dios. Jade decidió manipular su sentido de la razón sin ser demasiado obvio sobre su verdadera intención.

"Sarah, no creo que haya un Dios," dijo Jade. "Cuando morimos, probablemente no haya nada. Nos pudriremos en una caja de pino, y nuestros cuerpos se convierten uno con el suelo. ¿Y sabes qué? Está bien." Jade limpió los ojos de Sarah y se aseguró de que estaba escuchando.

"Todo lo que podemos enfocarnos en esta vida es hacer que cuenta cada momento. ¿Por qué no ser feliz? ¿Por qué no estar con la persona que te hace sonreír? ¿Por qué no actuar en una conexión física que sientes con alguien? ¿Por qué? Porque un libro dice que no puedes? Solo tienes una oportunidad de vivir; ¿Por qué perderlo siguiendo las reglas de otra persona? ¡Es tu vida! ¡Tú haces las reglas! Tu decides como termina. Realmente piensa en eso Sarah, eres una mujer inteligente. ¿Tiene sentido eso?"

"¡No sé! Lo que dijiste suena bien, pero... pero no se siente bien. Podría necesitar orar. No he orado en tanto tiempo," dijo Sarah.

Jade se agitó. Esto no era para nada lo que él quería que ella hiciera.

"Escucha, estoy aquí, te haré sentir mucho mejor que cualquier oración."

Jade la levantó del suelo y la besó. El sentimiento más

extraño se apoderó a Sarah. En los brazos de Jade, ella no se sentía emocionalmente segura. Ella realmente se sintió asustada. No estaba segura si le tenía miedo o simplemente estaba asustada por todo lo que había sucedido. Ella solo sabía que necesitaba estar sola con sus pensamientos.

"Jade, por favor para. Solo necesito estar solo."

" ¿Qué vas a hacer?" preguntó Jade con franqueza.

"Voy a rezar por un tiempo".

Jade la miró. "No, me quedaré," dijo.

***

Sarah comenzó a arrodillarse. Mientras Sarah se acercaba al suelo, Jade se sintió más frustrada, pero se esforzó por no mostrarlo. Escuchó a Sarah preguntar brevemente por comprensión y guía. Cuando Sarah se levantó de nuevo, Jade la estaba mirando con desdén. Ella nunca antes había visto esa expresión en el rostro de Jade. Parecía como si estuviera maldiciéndola en su mente. La presencia de Jade la hizo sentir incómoda. Ella nunca tuvo ese sentimiento cuando estaba con él, incluso cuando se conocieron.

"¿Qué?" preguntó Sarah.

"¿Te sientes mejor... ahora que desperdiciaste cinco minutos de tu vida rezando a nada?" dijo Jade sarcásticamente.

Sarah se sintió ofendida por su comportamiento y se preguntó por qué le importaba tanto.

"No sabes que Dios no existe, entonces ¿por qué estás tan molesto conmigo creyendo que su existencia podría ser una posibilidad?" Dijo Sarah mientras se acercaba a él. Jade se esforzó por mantener la compostura. Desde que estuvo en la tierra, Jade nunca tuvo un debate acerca de Dios con ningún ser humano.

"Escucha, olvidalo; eres claramente emocional..." dijo Jade.

Ella lo miró a los ojos y, por primera vez, notó cuán grandes y negras eran sus pupilas. Había algo que faltaba en sus ojos. Todo en él era repentinamente espeluznante.

Sarah, incómoda, mostró a Jade la puerta.

"Tuvimos una aventura, pero no creo que esto vaya a funcionar. Supongo que somos personas diferentes."

"Es ese tipo, verdad?" dijo Jade.

"¿Steven? En una manera... sí. Él me ha abierto los ojos a

120

cosas que eran difíciles de ver para mí. "

"Pero él no llevaba un anillo de GMA. ¿Qué tan importante podría ser realmente? "

"No le importa el anillo, y yo tampoco."

Jade sabía que no había forma de persuadirla. Ella estaba resuelta; ella ya no lo quería allí.

Cuando la puerta de Sarah se cerró en su rostro, Jade estaba decidida a encontrar a Steven y eliminarlo.

"Examina la senda de tus pies, Y todos tus caminos sean rectos." Proverbios 4:26

Capítulo Diecisiete

La Decisión

Pasó una semana. El día de la gran presentación llegó. Hace unos meses, todo lo que consumía a Sarah estaba ganando, superando a David, pero había sucedido mucho más. Había mucho más en juego. Sarah entendió y estaba preparada. La decisión fue tomada.

Sarah entró en la oficina y saludó a su asistente.

"Hola, Shiloh. ¿Te importaría enviarme estos paquetes hoy, por favor?"

Shiloh se sorprendió por su actitud relajada y aún más

sorprendida de que Sarah dijera su nombre real.

"Claro, Sra. Michel... lo hará".

Shiloh tomó con cuidado los tres paquetes de las manos de Sarah y los colocó en su escritorio para protegerlos.

Cuando Sarah entró a la sala de juntas, David ya estaba allí, sentado junto a su interno, Jamal. Los hombres de negocios africanos que Sarah había visto antes también estaban allí sonriendo cómodamente mientras mantenían una conversación educada con David y Jamal. DeAmato estaba sentado directamente frente a ellos. Se inclinó hacia adelante con confianza y dio unas palmaditas en el asiento de lado de él, condescendientemente, mientras le daba la bienvenida a Sarah en el asiento. Sarah sintió que su cuerpo se encogía; sin embargo, ella solo mostró la máxima profesionalidad.

"¿Cómo está usted, Sra. Michel?" preguntó DeAmato.

"Estoy bien." Sarah respondió sin hacer contacto visual con él.

Una vez que todos llegaron, el presidente abrió con un breve discurso de bienvenida.

"Quiero agradecer a todos por venir hoy. David y Sarah han trabajado arduamente durante los últimos meses en las propuestas que estamos a punto de ver. Hay mucho trabajo e investigación para hacer una propuesta a una compañía como la nuestra, y como usted sabe, las propuestas de hoy determinarán quién será promovido al puesto senior en el Departamento de Fusiones y Adquisiciones. Todos estamos ansiosos de escuchar qué nuevas ideas han encontrado nuestras estrellas. David, ¿te gustaría comenzar?"

David se puso de pie y estaba ligeramente nervioso, pero lo cubrió bien. Estaba excesivamente preparado; Sarah lo sabía, pero no se sintió intimidada.

"Buenos días a todos, y gracias por la presentación amable, señor presidente..." David organizó cuidadosamente sus notas en el podio cuando Jamal comenzó la presentación de diapositivas.

"Vivimos en tiempos que requieren formas innovadoras de resolver la crisis energética creciente. No podemos seguir creyendo que los recursos de la tierra son infinitos. Ahora es el momento de un cambio drástico. Debemos cambiar nuestra forma de pensar; cambiar nuestro nivel de comodidad extrema; y más importante, sacrificar un poco para el mejoramiento de todos. Ahora es el momento de que comencemos a trabajar juntos, seamos creativos y encontremos mejores formas de renovar nuestra energía. Por favor, centra tu atención en la pantalla," dijo David mientras el video comenzaba a sonar.

El video mostró imágenes de una pequeña ciudad con hermosas casas de un solo nivel. Estas casas tenían paneles solares alrededor de las casas, y cada casa tenía un pequeño jardín hacia un lado. Debajo de estos jardines había tanques para el almacenamiento de agua. La ciudad era verde, y había carruseles para que los niños giraran y jugaran en cada esquina. Además, había una granja más grande para cultivar productos agrícolas y molinos de viento en la distancia.

"Este... es el futuro. Esta ciudad es una ciudad modelo en Tanzania que ha sido habitada por un año por 250 personas desplazadas del genocidio y la guerra. Todo en esta ciudad está hecho de materiales reciclables, y la ciudad solo utiliza fuentes de energía renovables. Las casas se llaman casas de Adobe, construidas con barro y otros materiales naturales. Toda el agua utilizada se recicla y se purifica a través del proceso de filtración del agua subterránea en el jardín. Los desechos acumulados en los desagües dentro de las casas se vacían en el jardín. El agua se escurre por el jardín, limpiada por rocas y otros minerales naturales. El agua gotea a través de un microfiltro, antes de que se almacene en un tanque. El agua puede ser recuperada y utilizada nuevamente dentro de las casas. Los carruseles que se ven en toda la ciudad funcionan como bombas de agua para el almacenamiento de agua adicional. Mientras los niños giran los carruseles, sin saberlo están ejecutando el trabajo de varios hombres bombeando agua en los tanques de toda la ciudad. Los investigadores han hecho las pruebas, la huella de carbono de esta ciudad es de menos de tres casas medianas en los Estados Unidos."

David continuó explicando que no se desperdicia nada en la ciudad. A las personas se les enseña a producir sus propios alimentos para usar solo lo que se necesita. Comunidades como estas podrían construirse en todo el mundo. Explicó que el costo para construir este ambiente realmente se limitaría al labor. Los constructores obtienen la mayor parte de sus materiales de las instalaciones de reciclaje y los vertederos.

"Me he comunicado con los contactos en algunos gobiernos de África Oriental interesados en financiar estos entornos de vida una vez que se completen los estudios de la ciudad modelo. Nuestra compañía diseñaría, construiría y mantendría estas comunidades."

La propuesta de David tendría un impacto. Si los ejecutivos querían "nuevas ideas," David lo realizó. Sin embargo, era obvio: el retorno de la inversión para este proyecto no fue muy bueno.

"David, ¿has realizado alguna investigación de mercado para ver si los estadounidenses estarían interesados en este tipo de viviendas?" preguntó un ejecutivo.

"Tenemos, señor, y los números no son favorables aquí. Sin embargo, implementaríamos una excelente campaña de relaciones públicas, si decidimos seguir construyendo estas casas aquí inicialmente. Las cifras muestran que estas comunidades producirán altos ingresos en el extranjero en regiones subdesarrolladas. Estamos involucrados en cada paso del proceso, la impresión que tengo es que estos gobiernos están dispuestos a hacerse a un lado y permitirnos encabezar el esfuerzo mientras simplemente cortan el cheque."

David recibió "miradas" de los ejecutivos que no había anticipado y decidió hablar cándidamente en un último esfuerzo para convencerlos.

"Se hará dinero con este proyecto. Te lo aseguro. Pero más que eso, hemos visto lo que este entorno puede hacer por las personas. Literalmente elevó y dio poder a un grupo de personas que habían perdido la esperanza."

Los ejecutivos escribieron en sus hojas.

"¿Estas casas están destinadas a los que viven en la pobreza?" preguntó un ejecutivo.

David se sintió frustrado por la pregunta, pero hizo todo lo posible para que entendieran.

"No, estas casas están pensadas para aquellos que desean reducir el daño que están causando al medio ambiente cada dia. Sí, estos hogares requerirán que las personas aprendan a vivir modestamente y dentro de sus posibilidades; sin embargo, es una lección que siento que muchos podrán aplicar a sus vidas con bastante rapidez. Las casas no son diferentes de cualquier casa de un nivel en América."

Los ejecutivos le agradecieron a David por la presentación.

***

Mientras Sarah se preparaba para su presentación, Steven estaba inmerso en profundas oraciones y ayuno.

Encontró una pequeña iglesia en las afueras de la ciudad al salir frenéticamente de la casa de Sarah esa noche. Tenía que encontrar a Dios.

La iglesia tuvo la amabilidad de ofrecerle refugio mientras él se centraba una vez más. Steven estaba aterrorizado de regresar al mundo sin saber que se había salvado. Habían pasado varios días, y cuanto más rezaba, más fuerte se hacía la voz de Dios. Inicialmente, la voz fue tan débil. Parecía que no había nada. Steven tuvo que escuchar atentamente para escuchar a Dios, y lo hizo. Steven recuperó su confianza y su fuerza espiritual. Estaba listo para reunirse con Sarah una vez más. Se levantó del banco, hizo la señal de la cruz respetuosamente y volvió a entrar en el mundo cruel.

***

Jade había estado siguiendo a Steven desde ese día. Esperó pacientemente a la distancia para que él salía la iglesia. Jade iba a disfrutar empujando a Steven a su propia muerte. Cuando Steven salió, el frío le golpeó la cara. El cielo se oscureció y una sensación ominosa abrumaba su espíritu. Sus sentidos se intensificaron una vez más. Steven levantó la vista y entrecerró los ojos. Solo podía distinguir dos puntos verdes. Por fracciones de segundo, desaparecerían como un parpadeo. ¿Eran ellos ojos? Steven no lo sabía. Entonces oyó jadear, como la respiración de algún tipo de animal grande. Sintiendo que algo estaba mal, sintió el impulso de correr. ¿Pero donde?

Steven fue golpeado inesperadamente, llevado al suelo por una criatura horrible que ahora estaba sentada sobre su pecho, arañando y rasgando su carne con intenciones mortales. Steven podía sentir que era Jade, incluso sin visualizar su forma humana. Steven gritó y sacó un crucifijo. Lo aplastó contra el hombro de Jade. La cruz quemó varias capas de piel. Jade aulló de agonía y se distrajo por un momento. Steven se puso de pie y huyó.

Jade regresó a su forma humana y comenzó a arrojar piedras y cualquier objeto al alcance de la mano en dirección a Steven. Él evitó las amenazas y dio un giro brusco hacia el bosque donde se escondió detrás de una grande roca. Steven trató de no hacer ningún sonido.

***

Sarah se levantó y tomó un momento para mirar alrededor. Ella vio a David que fue atento y respetuoso. Luego observó los ojos de DeAmato amenazandola. Sarah comenzó.

"Más de 65,000 policías son agredidos anualmente, y más de 23,000 oficiales mueren cada año. ¿Por qué es este el caso? En el caso en que un oficial debe salir de su vehículo después de detener a un sospechoso, está en mayor peligro. Él podría ser asesinado."

Los ojos de Sarah escanearon la habitación y todos estuvieron atentos. DeAmato sonrió ansiosamente.

"Future Intellect, Inc. ha desarrollado un aparato revolucionario que cambiará la manera en que luchamos contra el crimen para siempre." Sarah continuó con la presentación.

***

Jade encontró a Steven agachado en una zanja. Creó una fuerza que tiró de Steven por las piernas hacia el borde de un acantilado encima de un arroyo poco profundo. Steven sintió que su cuerpo se levantaba y, antes de darse cuenta, estaba de pie en el borde con la vista de un cañón. Jade creó un gran escudo detrás de él. Steven no pudo regresar. Solo podía quedarse completamente quieto o saltar. Un movimiento equivocado lo enviaría a su muerte.

***

Sarah terminó su presentación, y por la expresión de sus caras, pudo decir que obtuvo la aprobación de los ejecutivos. Los ejecutivos escribieron en sus hojas y conversaron brevemente.

"Sarah, está claro que el Crime Halter será nuestra próxima inversión. Está más alineado con nuestra visión como empresa. Su esfuerzo le ganó el puesto de Ejecutivo Corporativo Senior en

Fusiones y Adquisiciones."

Los Ejecutivos se pusieron de pie y le estrecharon la mano. David la felicitó graciosamente.

"Sarah, diste una presentación excelente. Felicidades! Espero su liderazgo," dijo David.

Sarah, abatida, continuó parada en el podio mientras la gente hablaba entre ellos.

***

Steven podía sentir que caía hacia adelante. Jade tenía que usar cada gramo de su energía para mantener el campo de fuerza, pero estaba preparado para soportar el tiempo suficiente para que Steven saltara en la desesperación. Steven no tenía a dónde ir. No hubo escape. Steven incómodo presionó su espalda contra la pared transparente creada por Jade, esperando que sus pies no se deslizan accidentalmente. Iba a morir antes de dejar un impresión a Sarah. La idea de decepcionar a Dios lo turbó.

De repente, los pies de Steven ya no estaban en el borde del acantilado; su cuerpo estaba suspendido en el aire. Podía sentir que flotaba cada vez más alto a medida que el visual de Jade se hacía cada vez más pequeño. Steven continuó flotando en el cielo, más allá de la estratosfera, más hacia el espacio y más arriba hasta que una vez más estuvo en el cielo delante del trono.

Steven no podía mirar a Jesús. Él mantuvo sus ojos avergonzados de lo que había hecho mientras estaba en la tierra. Avergonzado, se desvió tanto y Dios lo vio todo. Jesús se acercó a Steven, lo levantó y lo abrazó. Steven solo podía llorar.

"Sarah tomó su decisión, Steven," dijo Jesús. "Es por eso que te han llamado."

Steven sabía que había fallado en su misión. No pasó suficiente tiempo con ella. En los momentos que compartieron, Steven no había sido el mejor ejemplo de rectitud. De hecho, sus tratos con ella esa noche probablemente la dejaron más confundida. Este pensamiento asustó a Steven de inmediato, pero se mantuvo agradecido de que no hubiera perdido su salvación.

"¿Por qué tu corazón siente tristeza?" preguntó Dios.

"Te he decepcionado, no llevé a cabo mi misión con éxito," respondió Steven.

"¿Cómo estás tan seguro, mi hijo?" preguntó Dios.

Steven dudaba en confesar.

"Padre, he pecado..." dijo. "He pecado tanto que siento que obstaculizó la capacidad de Sarah para construir su fe. Por el momento, ella puede estar muy dispuesta a escuchar, caí en a la tentación, y creo que perdí credibilidad con ella.

Hubo una larga pausa. Despues Dios habló. "Hiciste muy bien, hijo mío. Te has ganado tus alas."

Steven miró a Dios y se quedó sin palabras. Sarah tomó la decisión correcta.

***

Sarah vio a todos de pie y hablando.

"No he terminado", dijo ella con autoridad.

Los Ejecutivos estaban sorprendidos por su tono. Sacó varias fotografías de su maletín. Eran las imágenes que Bartesh le había dado. Ella los sostuvo en alto, y el grupo se quedó sin aliento. "Esto es lo que quiere DeAmato." Sarah señaló la imagen del Aniquilador.

"Esta arma causará una muerte catastrófica y ya la han probado en las personas", dijo Sarah.

El grupo miró a DeAmato quien sonrió con frialdad ante la acusación.

"Su prueba es un par de imágenes que parecen que podrían haber sido de cualquier película de terror. ¿Cómo sé que son reales? Será mejor que vengas más duro si quieres jugar conmigo. ¡Mis abogados destruirán a ti y a tu compañía y ganarán!

Sarah se relajó mientras sacaba un disco y lo insertaba en la computadora portátil. Un video de Bartesh apareció en la pantalla detrás de ella.

"Mi nombre es Bartesh Alamar. He sido el ingeniero principal de Future Intellect, Inc. durante aproximadamente siete años. No puedo permanecer en silencio mientras continúen estos crímenes."

Después de hablar, hubo imágenes de video de Daniel recogiendo extremidades y órganos y colocándolos en grandes bolsas de basura. De repente, el grupo vio que la cámara comenzaba a temblar violentamente. Vieron la cara de Daniel en el marco ajustando la lente mientras se arrojaba una toalla sobre la parte superior de la cámara sin bloquear la lente. La cámara ahora se enfoca en la puerta de entrada del almacén. DeAmato entró y comenzó a toser.

"Oh... ¡Este olor es pútrido! ¿Cómo lo hacen ustedes?" dice DeAmato.

DeAmato sale de la vista de la cámara y luego regresa rápidamente. Él examina el arma.

"¿Estás seguro de que esto está apagado?" le dice al técnico que lo acompaña. "¡Ciertamente no me gustaría parecerme a este tipo!" dice DeAmato en tono de broma mientras patea el pecho del hombre.

El hombre en el piso fue cortado por el láser que cortó su torso separando la mitad inferior de su cuerpo de la mitad superior. El hombre apenas estaba vivo, y con la poca vida que le quedaba, agarró la pierna de Demato y le suplicó que lo ayudara. DeAmato fríamente apuntó con un arma a su cabeza y disparó tres balas. DeAmato miró a Daniel.

"¡Por favor, deseche a estas personas de forma adecuada y asegúrese de que estén muertas! ¡Esto ha sucedido dos veces, y se vuelve bastante irritante cuando intentan alcanzarme! ¿Me entiendes?" La cinta se puso negra y luego nevada.

La habitación quedó en silencio. DeAmato se acercó agresivamente a Sarah. David se paró frente a ella.

"Lo que estés a punto de hacer no es una buena idea. Te sugiero que te vayas... ", dijo David. DeAmato notó a Jamal hablando por teléfono en voz baja. DeAmato continuó mirando a Sarah amenazadoramente mientras salía. Todos estaban sin palabras, inseguros de qué decir. Sarah rompió el silencio.

"Lo siento, pero no puedo aceptar el puesto," dijo Sarah. "David es capaz de manejar todas las tareas asociadas con el puesto de alta gerencia. Solo necesito salir de aquí.

Sarah agarró su bolso y salió de la habitación. David lo siguió.

"Necesitábamos ver eso. Hiciste lo correcto, Sarah," dijo David.

Sarah parecía derrotada.

"¿Qué significa eso, David?" dijo Sarah mientras el agua brotaba de sus ojos.

"Significa que hacer lo correcto será lo más difícil que harás, y te costará más de lo que planeaste, pero vale la pena cada vez."

Sarah sonrió apreciativamente a David y lamentablemente pensó en la propuesta de compartir el puesto que hizo en su oficina hace meses. Sin embargo, lo que paso, paso. Sarah colocó sus ojos hacia adelante y continuó caminando. David la miró mientras ella caminaba por el pasillo. Esa sería la última vez que vería a Sarah.

***

Cuando DeAmato llegó al lobby, vio a varios policías pasar corriendo a su lado. Escondió su rostro y llamó a un taxi que estaba afuera. Él saltó en el taxi e inmediatamente llamó a Samuel Linden, "Tenemos un problema ..."

"Y cuando estéis orando, perdonad, si tenéis algo contra alguno, para que también vuestro Padre que está en los cielos os perdone a vosotros vuestras ofensas."
Marcos 11:25

Capítulo Dieciocho

A Casa

Sarah llegó a la puerta principal y se detuvo por unos momentos. Inhaló profundamente antes de llamar. Ella no escuchó nada y rápidamente se alejó.

Una voz dijo: "Un momento..."

La puerta se abrió.

"¿Sarah...?"

Sarah estaba de espaldas. Cerró los ojos con fuerza, miró por encima del hombro y asintió. Su madre, sin dudarlo, estiró los brazos para abrazar a Sarah. Ella no había visto a su hija en años. Su madre la abrazó con la misma intensidad que si encontrara a un niño perdido.

Ella se veía igual. Su cabello se había vuelto más plateado. Incluso olía igual a canela y azúcar, tal como Sarah recordaba. A Sarah siempre le encantó ese olor y lo anhelaba hace muchos años cuando su madre solo olía a alcohol.

Cuando Sarah entró, miró a su alrededor con asombro. La casa se veía mucho mejor de lo que ella recordaba. Se sentía como en casa. Durante años, nunca fue capaz de crear ese sentimiento en su apartamento.

Su madre tenía fotos con niños que ella enseñó en su iglesia. Parecía que realmente reconstruyó su vida.

"Rezaba por este día por tanto tiempo." Dijo su madre mientras continuaba a cocinar.

Sarah todavía estaba muy callada mientras asimilaba todo. Vio una imagen de su madre con un hombre mayor atractivo.

"¿Quién es él?"

Sin ver, su madre sabía a quién estaba refiriéndose Sarah.

"Ese es mi esposo, John."

Sarah estaba conmocionada. Fue la muerte de su padre lo que llevó a su madre a beber en primer lugar. Su madre estaba muy deprimida y retraída. Sarah creía que no había forma de que ella siguiera adelante.

"Nos conocimos en la iglesia, y él ha sido muy solidario y compasivo. Él realmente es enviado del cielo," dijo su madre.

Sarah no podía ocultar el hecho de que parecía que su madre se había mudado fácilmente después de la muerte de su nieto y yerno.

"Mamá, ¿alguna vez piensas en ellos?" preguntó Sarah.

Su madre detuvo lo que estaba haciendo y salió de la cocina. Ella abrió el pendiente que colgaba del collar que tenia puesto. Era una imagen de una Sarah embarazada y su marido.

"Todos los días durante los últimos 11 años. Sé que Dios me ha perdonado por las dos vidas que descuidadamente tomé, pero tu perdón nunca me fue prometido. Perdonarme ha sido una decisión que tuviste que tomar. Quería que me perdonaras, no por mi bien, sino por el tuyo. Tener odio en su corazón es cómo se le hará responsable de la pérdida de su esposo y su hijo. El perdón es difícil, especialmente cuando sabes que el dolor nunca desaparecerá. Recé para que si alguna vez tuve la oportunidad de verte otra vez, te mostrara el poder del perdón."

Su madre abrió un álbum de fotos con fotografías tomadas mientras trabajaba en un programa especial de rehabilitación de prisiones. El programa permitió a los reclusos enfrentar a las familias de sus víctimas.

"Un hombre con muchas drogas irrumpió en una casa mientras el hijo adolescente de la familia estaba solo en casa. Pensando que nadie estaba en casa, se sobresaltó por un ruido. Sin pensar, giró y disparó al ruido repetidamente. El primer disparo mató instantáneamente al niño. El hombre fue aprehendido y sentenciado a cadena perpetua. Durante años, quiso disculparse y, durante años, lamenté la misma noticia: la familia no quería verlo.

"Eventualmente, el recluso se dio por vencido y ya no recibí su pedido. Un día, inesperadamente, la familia llamó y solicitó una reunión con él. El recluso se había vuelto aprensivo, y la comprensión de lo que significaba mirar a los ojos de la madre y el padre del niño muerto comenzó a hundirse.

"El día de la reunión, el recluso solo podía llorar. Siguió encogido, sin poder mirarlos a los ojos. Los padres se sentaron allí durante unos diez minutos solo mirándolo. De repente, la esposa caminó hacia él y gritó: "¡LEVÁNTATE!" No estaba seguro de lo que iba a pasar después. El recluso se levantó, preparado para un asalto. La esposa simplemente abrió sus brazos y lo abrazó. Después de unos minutos, el esposo hizo lo mismo. Fue uno de los momentos más conmovedores que había presenciado. No mucho después, los padres comenzaron a escribirle al preso y le enviaron pasajes de las Escrituras. Pronto hicieron viajes semanales a la prisión para visitarlo. Recuerdo haberle preguntado a la esposa cómo fueron capaces de reprimir su pérdida. ¿No era como un doloroso recordatorio ver al recluso? La esposa me dijo que ver la bondad en un hombre que ella pensaba que era malo le permite saber que hay un Dios y, además, que su hijo está con él. Después de meses de cartas y visitas, el recluso ahora confiaba en ellos. Le preguntó a los padres del niño si podían alcanzar a su hijo separado, después de temer que estaba en el mismo camino. Hicieron honor a su pedido y desde entonces han establecido una relación con su hijo. Aunque su hijo nunca compensará su pérdida, ha ayudado al proceso de curación. Todo comenzó con el perdón."

Su madre tomó las manos de Sarah y las abrazó con fuerza. Sarah podía sentir a su madre temblando.

"Lo siento. Lo siento mucho, lo siento por lo que te he hecho pasar." Su voz tembló y las lágrimas corrieron por su rostro mientras hablaba. "Deseé que fuera yo quien murió. Me bebí la mitad de la vida y me esforcé para que eso sucediera. No merecía vivir, Sarah... pero vivi. Entonces, juré ser una mejor persona. Cambiar mi vida. Mi vida ya no podía ser mía, tenía que ser la suya. Esa fue la única forma de hacer las cosas bien."

Sarah escuchó a su madre y supo que tenía que perdonarla. Estaba cansada de resentirla. Había sido demasiado tiempo. Le dolía demasiado seguir aferrándose al dolor cuando Dios le decía que lo dejara ir. Sarah envolvió sus brazos alrededor de su madre, apretó con fuerza, y lloró.

"Te quiero mamá. Yo... te perdono ".

Su madre sostuvo a su hijo por un largo tiempo. Ella necesitaba compensar una década de abrazos perdidos.

***

Sarah había estado relajada durante los pocos días que estuvo en la casa de su madre. Sonó el teléfono de la casa de su madre, Sarah respondió.

"Hola... Hola..." Solo había silencio en el otro extremo.

Andrew colgó el auricular y lentamente miró hacia Jade.

"Sí, ella está en la casa de su madre. ¿Vas a decirme qué quieres con ella, ahora?" Andrew le preguntó a Jade por genuina preocupación.

"Fui instruido por Samuel Linden para encontrarla. Ella ha estado trabajando en un acuerdo con DeAmato, y no hemos podido contactarla" dijo Jade casualmente.

A Andrew no le gustaba Jade. Recordó que se acercó a Sarah en la Gala y tuvo la fuerte sensación de que habían tenido una relación sentimental. Sin embargo, él era un hermano, y la hermandad estaba delante de todo lo demás. Eso fue parte del juramento que Andrew tomó voluntariamente.

Las ruedas en la cabeza de Jade empezaron a girar.

"Podrías ser de mayor ayuda... ¿Interesado en ascender en la Orden?", Preguntó Jade mientras miraba casualmente su anillo.

Andrew estaba más que interesado. Andrew se imaginaba usando el anillo de GMA y siendo adorado, idolatrado y envidiado como lo había hecho durante años; anhelando una oportunidad como esta para presentarse. Andrew pudo sentir el oro frío envuelto alrededor de su dedo.

Esa noche Sarah encendió su teléfono celular y escuchó su mensaje de voz. El buzón estaba lleno. Hubo varios mensajes del detective Staller.

"Sarah, por favor llámanos. Debes estar bajo custodia protectora. DeAmato es un hombre peligroso con muchas conexiones y anda suelto."

Sarah estaba feliz en la casa de su madre y quería, y necesitaba, quedarse. Sarah, decidida a no vivir con miedo, borró los mensajes.

"Ustedes son de su padre, el diablo, cuyos deseos quieren cumplir. Desde el

principio este ha sido un asesino, y no se mantiene en la verdad, porque no hay verdad en él. Cuando miente, expresa su propia naturaleza, porque es un mentiroso. ¡Es el padre de la mentira!" Juan 8:44

Capítulo Diecinueve

El costo

Había pasado solo un mes desde la presentación, y Sarah valoraba cada momento que pasaba con ella. madre. Los viajes a la tienda de comestibles, el estudio de la Biblia y las conversaciones de una hora de repente significaron mucho. Los dos oraron juntos durante horas. La mayoría de las veces lo alabaron. Pero hubo ocasiones en que Sarah solo necesitaba estar sola en la presencia de Dios.

Su primera verdadera oración fue la más sincera que haya sido alguna vez. Ella pidió perdón por todos sus pecados: adulterio, ira, envidia, lujuria y vanidad. Ella lloró por un largo tiempo esa noche cuando la oración se convirtió en una liberación catártica de tensión reprimida y estrés. Todos los días, mientras oraba, comenzó a simplemente escuchar y usar sus sentidos para captar los signos de Dios. Se sentó en silencio en el porche de su madre y estudió las Escrituras. Había leído un capítulo o dos y se tomó un momento para pensar en las lecciones. Su vida nunca fue así de tranquila. Ella siempre estaba luchando por el próximo objetivo o el siguiente desafío. Ella nunca tomó el tiempo de apreciar lo que tenía. Mientras leía más de la palabra de Dios y escuchaba más, comenzó a sentir que tenía suficiente. Ella encontró el significado de satisfacción.

La felicidad que Sarah sentía no podía dominar el sentimiento espeluznante que seguía consumiéndola. A medida que pasaban los días, sentía que su tiempo estaba llegando a su fin. Pero ella no tenía miedo.

Mientras ayudaba a su madre a cenar, llamaron amistosamente a la puerta. Sarah lo abrió.

"Andrew..." susurró. Sarah se sorprendió, pero se dio cuenta de que él era la única persona que conocía la ubicación de su madre.

"Sí, Sarah. Parece como si siempre tuviera que hacer movimientos audaces solo para verte.

Sarah se sonrojó. Andrew todavía era muy encantador.

"¿Qué haces en New Haven?", preguntó Sarah.

"Bueno, estoy en la ciudad para un seminario; pensé que te vería si estuvieras aquí. Supongo que valió la pena."

Le sonrió a Andrew mientras reprimía los viejos sentimientos por él que invadían sus pensamientos.

"Entonces... ¿Te gustaría tomar un trago conmigo? Te prometo que te tendré de regreso antes de las doce." Andrew dijo en tono de broma.

Sarah se rió y agarró su abrigo.

***

Estaban sentados en una cabina y se hablaban como si nada hubiera pasado. En ese momento, nada parecía importar y no había animosidad. Andrew no mencionó la desaparición de Sarah después de la Gala, y hablaron abiertamente sobre una serie de cuestiones que nunca se abordaron en su relación.

"Andrew... he cambiado," dijo Sarah con sinceridad.

"¿Cómo has cambiado?" preguntó Andrew.

Sarah se encogió de hombros.

"No sé. Las cosas que valoré por tanto tiempo ya no son importantes para mí. Tampoco creo que David Mercer sea un idiota.

Andrew casi se atragantó con su vino.

"¿De verdad?" dijo Andrew, "Ahora *eso* es realmente recomendable".

Ambos comenzaron a reír y Andrew se detuvo abruptamente, como si un pensamiento interrumpiera su aparente felicidad.

"¿Qué pasa?" preguntó Sarah.

"Nada... estoy muy feliz de verte, Sarah," dijo Andrew mientras le acariciaba las manos. Sarah se alejó.

"Esto no está bien, Andrew..."

Andrew asintió con una comprensión de lo que quería decir.

"Tengo que empezar todo de nuevo. Perdí tanto tiempo volviendo a un comportamiento poco saludable y esperando un resultado diferente. Necesito encontrar a la mujer cariñosa, bondadosa y centrada en Dios que solía ser. Eso es lo único que es importante para mí ahora. Con suerte, tengo suficiente tiempo," dijo Sarah medio en broma.

Sarah se inclinó y le dio a Andrew un último beso en la mejilla. Él la miró y los ojos de Andrew se humedecieron un poco.

***

Cuando se sentaron en el coche, los dos intercambiaron una mirada de afecto. Surgió una canción que a Sarah le gustó, y ella cantó. Andrew lo apagó. Sarah miró a Andrew que estaba concentrado en el camino. "¿Todo bien?" Andrew no respondió. Sarah sintió esa extraña sensación otra vez. Ella notó que un auto lo seguía de cerca. La persona que conducía giró sobre las luces altas cegando a Andrew.

"¡¿Qué demonios es el problema de este muchacho ?!" gritó Andrew.

Sin previo aviso, el auto chocó contra la parte trasera del auto de Andrew. Sarah gritó y se dio vuelta. El automóvil se acercó por el lado del pasajero y comenzó a empujar violentamente el auto de Andrew. En un esfuerzo por evitar el tráfico que se aproxima, Andrew se desvió de la carretera hacia una zanja. Puso el automóvil en reversa e inmediatamente comenzó a presionar el gas, pero no sucedía nada. En el espejo retrovisor, Sarah pudo ver a un grupo de

139

hombres, vestidos completamente de negro, acercándose al automóvil.

"¡Andrew, tenemos que correr!" dijo Sarah mientras intentaba abrir la puerta atascada. Cuando finalmente logró abrirse paso, con el tiempo justo para correr, no sirvió. Un hombre grande envolvió sus brazos alrededor de su pecho restringiendo su movimiento. Sarah gritó y pateó tan fuerte como pudo. El hombre colocó una tela con una sustancia extraña sobre su nariz y boca. Su campo de visión se oscureció y perdió el conocimiento.

***

Sarah se despertó con agua fría en la cara. Estaba sentada en una silla con sus brazos y pies atados firmemente a ella. Sarah comenzó a luchar; sin embargo, cuanto más se movía, más dolor sentía cuando la cuerda le cortaba los tobillos y las muñecas.

"¡AYÚDEME!" Gritó hasta que su voz se quebró.

Todo lo que podía oír era risa y murmuraciones en la habitación. Apenas podía ver a nadie. La habitación estaba tan oscura que solo podía distinguir los contornos de los cuerpos. Ella vio una luz en un pasillo que parecía iluminarse a medida que se acercaba. Por un momento, pensó que podría haber estado muerta. Un hombre con una larga capa negra entró en la habitación con una linterna. El hombre dejó su linterna a tocó otra y el fuego se transmitió por la línea. Sarah ahora podía ver a todos. Había doce hombres vestidos con capas negras formando un círculo alrededor de ella. Sarah estaba aterrorizada.

"¿DÓNDE ESTOY? ¿QUÉ ESTÁ PASANDO?" Sarah gritó.

No hubo respuesta. Los hombres permanecieron con la cabeza gacha. El primer hombre se le acercó y luego se quitó la capucha. Sarah se quedó sin aliento. Era Jade.

"¿QUÉ ESTÁS HACIENDO? ¡Déjame ir! "

Jade suavemente puso un dedo sobre su boca.

"Shhh..."

Jade levantó su mano y la golpeó en la cara. El golpe la dejó aturdida hasta el silencio.

Jade comenzó a hablar.

"Estamos reunidos aquí hoy porque nuestro hermano tiene

140

la oportunidad de alcanzar el más alto nivel de iluminación en el orden. Todos sabemos que esta conciencia tiene un precio. A fin de comprender verdaderamente las complejidades de este mundo y del universo y cosechar sus beneficios, uno debe voluntariamente renunciar a su humanidad para convertirse en un dios. Para ser un dios, debes sentir el poder de la vida en tus manos y tener el valor de quitar esa vida. Es el sacrificio."

Al escuchar esto, Sarah comenzó a gritar incontrolablemente. Uno de los hombres envueltos en capas se ató un trapo alrededor de la boca para amortiguar los gritos. Un último hombre entró a la habitación. Fue Andrew. Sarah comenzó a sollozar, ahora consciente de su traición. Jade susurró algo al oído y luego dio un paso atrás como si estuviera a punto de ver un espectáculo.

"Ahora comenzaremos con el poder de doce. Cada hombre encapuchado la golpeará exactamente doce veces. Daremos la vuelta a este círculo repitiendo el proceso hasta que ella muera ", dijo Jade.

Sarah intentó liberarse, pero fue en vano. El primer golpe en el estómago fue el peor dolor que había sentidoen su vida. La golpiza continuó durante horas. Algunos hombres se toman su tiempo y tomando descansos entre golpes. Hubo momentos en que perdió el conocimiento, y un golpe extremo en la cabeza la despertó de nuevo. Ella deseó que todo terminara. Como si alguien leyera sus pensamientos, de repente, todo se detuvo. Sarah fue desatada alrededor de la sexta ronda de la paliza y su cuerpo inerte cayó al suelo. Ella fue presentada con una opción.

"En este punto, puedes salir de tu propia miseria o seguir sintiendo lo que estoy seguro es el peor dolor que has sentido," dijo Jade.

Jade tenía un arma con una sola bala. A Sarah le dolía respirar. Sus costillas y nariz se sintieron rotas. Todo lo que podía saborear era su propia sangre y sus ojos estaban hinchados. Sus párpados se abrieron lo suficiente como para ver el dolor que estaba soportando. Jade le tendió la pistola y la ayudó a agarrarla. Ella consideró la oferta. El dolor que sentía era más de lo que podía soportar; ella quería morir. Sus ojos se cerraron, y ella murmuró algo. Jade no pudo escuchar. Él colocó su rostro cerca de su boca.

"¿Qué dijistes, Sarah?"

Ella continuó murmurando. Jade acercó su oído lo suficiente para escuchar. Ella estaba diciendo: "Dios, sálvame". En ese instante, ella soltó su mano del arma. Jade sabía que no iba a suicidarse. Cogió el arma y se la dio a Andrew.

"Mátala, o la golpearemos hasta la muerte".

Andrew miró a Sarah, que ahora estaba irreconocible. La mano de Andrew tembló cuando él apuntó con el arma a su cabeza. Sarah no lloró. Ella no suplicó por su vida. Ella solo lo miró a los ojos. Una extraña calma entró en su cuerpo, y ya no sentía ningún dolor. Pensó en su esposo y en la posibilidad de volver a verlo.

Andrew sabía que la imagen de ella mirándolo nunca se iría de su mente. Él apretó el gatillo y lanzó un solo disparo, matándola. Samuel Linden se quitó la capucha y sacó una caja negra de su bolsillo. Era un anillo de GMA. Se acercó a Andrew y colocó el anillo en su dedo. La mano de Samuel todavía estaba cubierta con la sangre de Sarah. Samuel estrechó la mano de Andrew en un gesto simbólico, transfiriendo la sangre a las manos de Andrew. Otros once hombres hicieron lo mismo. A Andrew le dieron una capa y le entregaron una antorcha encendida. Él ahora entendió el significado. Cada hombre en esa habitación pasó por la misma iniciación. Nunca podría saber qué poderes y secretos tenía el mundo para ofrecer a menos que estuviera preparado para quitar una vida y tener un secreto propio. Samuel Linden le dio unas palmaditas a Andrew en la espalda.

"No te preocupes; tus secretos están a salvo con nosotros. Ahora el mundo es tuyo," dijo.

Jade se paró junto a Sarah y miró su cadáver sin vida. Estaba decepcionado de que no pudiera alentar su suicidio. Satanás apareció en su forma humana; Jade estaba aterrorizada.

"Volveré, ¿no?" preguntó Jade.

"No, te mantendré aquí por un tiempo. Tengo planes para ti."

"¿Conseguí su alma?" preguntó Jade.

"No estoy seguro todavía," respondió Satanás. "Dios debe juzgarla primero."

***

Mientras tanto, paquetes con discos llegaron al escritorio del Editor y Jefe del Washington Post, un policía italiano y el Oficial Staller del DCPD.

Si estás leyendo esto, probablemente esté muerto. Soy una persona que, durante varios años, solo ha usado mi conciencia cuando me ha ido mejor. Ya no puedo hacer esto. No estoy seguro de qué hará esto, pero rezo para que haga algo. Usted tiene la información, ahora le toca a usted correr la voz. Armamento militar como el Annihilator se está creando todos los días. Se está volviendo más avanzado, y el costo humano es más de lo que podemos pagar. No solo para aquellos que son asesinados, también para los operadores. Los operadores que activan los factores desencadenantes, presionan los botones y crean una pérdida catastrófica de vidas también pierden su humanidad. Rezo para que este metraje de video de Future Intellect Inc. comience una cadena de eventos que arroje luz sobre la tecnología militar que compramos y vendemos, y las consideraciones éticas que contiene.

-Sarah Michel

Satan apoyó su brazo en el hombro de Jade. Jade posiblemente perdió un alma, la primera desde que estuvo en la tierra. Eso lo molestó. Satanás le dijo a Jade que cerrara los ojos.

"Imagina a tus enemigos durmiendo pacíficamente en un campo de batalla. ¿Ves lo vulnerables que son? Imagina todas las cosas que podrías hacerles. Podrías terminar con sus vidas incluso antes de que se despierten. Eso es poder. Eso es control. Usted tiene la ventaja. La humanidad está en un profundo sueño. Sus ojos están cerrados mientras se libra la guerra por sus almas. Están felizmente inconscientes, sin preocuparse por lo que está en juego."

Satanás tomó asiento. Jade abrió los ojos y se sentó también.

"Sus almas son más valiosas que el oro, más preciosas que el agua, y sorprendentemente, están dispuestas a dejarlo sin protección para su captura." Satanás se rió.

"Mira lo lejos que hemos llegado. Hemos conseguido que adoren cualquier cosa y todo lo demás, menos Dios. ¿Qué quieres adorar hoy? ¿Ídolos? ¿Qué hay de más de un dios? ¿Cosas? ¿Dinero? ¿Tú mismo? ¡Por supuesto! ¡Lo que sea que quieras!"

Contemplaban las estrellas en el cielo. Fue una hermosa noche. Los dos estuvieron en silencio por un momento y lo asimilaron todo.

"¿Sabes que el pueblo elegido de Dios ni siquiera sabe quiénes son?", Agregó Satán. "Fueron esclavizados, torturados, ahorcados y encarcelados, y ahora los matan a diario y a nadie le importa". Los deshumanizamos y humillamos cada vez que podemos, y también lo hacen todos los demás. Los hemos convencido de que son tan inútiles que odian todo sobre sí mismos. ¿Ves la ironía en eso? El pueblo escogido de Dios, la primera gente, la gente de la cual el resto de la humanidad engendró... se odian a sí mismos."

Jade se echó hacia atrás y realmente pensó en lo que Satanás estaba diciendo por primera vez. Él nunca había visto a Dios o a su Hijo, pero Satanás ciertamente lo había hecho. Parecía razonar que las personas que sufrirían más abusos serían las más cercanas a Dios.

"Estamos legislando el pecado; legalmente puedes matar y robar. Hemos logrado crear varias excepciones para romper dos mandamientos.

Jade estaba impresionada. Él vivió en una era donde estas cosas se hicieron en secreto. Hubo ofertas de trastienda. Intercambios bajo la mesa, pero esto nunca fue abiertamente aceptado.

"¿Cómo lo lograste?" preguntó Jade.

"Bueno, hemos descubierto que solo tienes que cambiarle el nombre y darle un interés de libertad. Voila! Lo que una vez estuvo mal ahora se vuelve discutible."

Jade estaba procesando todo esto. Gran parte de lo que Satanás estaba diciendo no tenía sentido. Todo parecía tan al revés y vuelta. Jade ciertamente no se estaba quejando. Esto iba a garantizar su estancia en la tierra.

"Si no estaba ya muy claro, no te preocupes por la pérdida de uno o incluso de algunos. Habrá algunos que se despierten, pero hay miles de millones, durmiendo pacíficamente. Estamos ganando," dijo Satanás.

"¿Cuál es tu plan para mí?" preguntó Jade.

"He hecho mi mejor trabajo aquí en los Estados Unidos. Quiero que te quedes aquí. Antes eras estadista; vamos a hacerte un estadista de nuevo. Pero primero... Algunas lecturas obligatorias... "

Satanás presionó la tapa de un libro encuadernado en cuero contra el pecho de Jade. Cuando bajó el libro, la cubierta decía: "Santa Biblia".

Jade miró a Satanás perplejo. Satanás se rió de su reacción.

"Oye ... incluso los mentirosos saben la verdad."

Así como así, Satanás desapareció.

***

Jade podía ver el amanecer atravesando las nubes. Era un nuevo día, y él estaba listo para conquistar el mundo.

Fin

<u>Agradecimientos</u>

Querido Dios, Yahweh, toda la gloria te pertenece. No podría haber logrado nada en mi vida sin conocerte primero. Gracias por tu gracia, tu perdón y tu protección.

Mis padres fueron la primera bendición de Dios para mí. Ellos me enseñaron amor, amabilidad y respeto. Mi primer vistazo de Dios fue a través de ellos. Me dieron el fundamento para convertirme en la persona que Dios quería.

Mi hermano siempre me protegió. Su presencia en mi vida me fortaleció. Él es el mejor regalo que una hermana podría tener.

Mi familia me dio confianza. El legado iniciado por mis abuelos, mis tías, tíos y primos me infundió un fuerte sentido de orgullo en lo que soy. Se preocuparon por mí, oraron por mí, me alimentaron y me apoyaron. Tuve la bendición de ser parte de una familia tan especial.

Mis amigos estuvieron allí cuando los necesitaba y aun cuando no sabía que los necesitaba. Les agradezco las risas, las bromas internas, las discusiones, las reuniones y el apoyo tan necesitado.

***

Si te gustó el libro, ¡deja un comentario en Amazon! Además, ¡únete a nuestra comunidad en las redes sociales!

<u>Redes sociales</u>
Facebook: @Aknowingspirit
Twitter: @Aknowingspirit
Instagram: @Aknowingspirit
Sitio Web: www.aknowingpspirit.com

www.ingramcontent.com/pod-product-compliance
Lightning Source LLC
Chambersburg PA
CBHW051953170626
46808CB00007B/2597